Jürgen Kahn
Brennende Liebe

Jürgen Kahn

Brennende Liebe

Jensen und Grete 1

PIPER

Mehr über unsere Autoren und Bücher: www.piper.de

Wenn Ihnen dieser Krimi gefallen hat, schreiben Sie uns unter Nennung des Titels »Brennende Liebe« an empfehlungen@piper.de, und wir empfehlen Ihnen gerne vergleichbare Bücher.

ISBN 978-3-492-50410-2

Redaktion: Christiane Geldmacher
Satz auf Grundlage eines CSS-Layouts von digital publishing competence (München), mit abavo vlow (Buchloe)
Covergestaltung: Alexa Kim "A&K Buchcover" Covermotiv: Bilder unter Lizenzierung von Shutterstock.com und PNG Tree genutzt
Printed in Germany

Kapitel 1

Das Einfamilienhaus war ihm zu groß geworden. Der Hausflur hallte. Jens Peter Jensen trug sein Frühstück auf die Terrasse, stellte seine Tasse und die Thermoskanne auf den runden Cafétisch und spannte den Sonnenschirm gegen die stechende Sonne auf. Er stellte Käse und Marmelade in den Schatten des Sonnenschirms und riss die Brötchentüte auf.

An einem so schönen Tag müsste man froh sein, dachte er bei sich, aber selbst der warme Sommer löste nicht den Knoten in seinem Bauch. ›Lächle, und die Welt lächelt zurück‹, war Lises Motto gewesen, aber Lise war nicht mehr da, und er vermisste sie.

Irgendwie fühlte er sich überwacht. Etwas raschelte an der Ligusterhecke zum Nachbargrundstück. Jensen drehte sich um und entdeckte gerade noch Løndals Mähroboter durchs Gesträuch, bevor der schon wieder kehrtmachte und sich neuen Aufgaben widmete. Über die Hecke winkte ihm der Nachbar mit seiner Harke zu, robust in Arbeitshosen, Holzschuhen und Hemd gekleidet. Nicht ein Grashalm tanzte in seinem Garten aus der Reihe.

»Guten Morgen«, sagte Jensen. »Schon wieder so fleißig?«

»Wir bräuchten endlich mal wieder Regen«, antwortete Løndal mit der besorgten Miene eines Landwirtes.

Løndal war früher Feinmechaniker bei der staatlichen Eisenbahngesellschaft DSB gewesen, die in Aarhus Werkstätten betrieb, und lebte jetzt als Rentner. Seine Frau Mette hatte sich vor Kurzem auch pensionieren lassen. Zusammen genossen die beiden ein Leben, auf das Jensen sich auch mit Lise gefreut hatte.

Ab und zu tranken sie Kaffee zu dritt, oder die Männer trafen sich zu einem Bier an der Hecke. Die Løndals taten ihr Bestes, um ihn auf andere Gedanken zu bringen, was Jensen ihnen zugutehielt.

Manchmal übertrieben sie es allerdings. Wie neulich zum Beispiel, als Mette Løndal bei einem gemeinsamen Abendessen ihre geschiedene Schwester neben ihn als Tischnachbarin platziert hatte. Jensen war Polizist, aber Mettes listige Hintergedanken hätte er auch so durchschaut.

Lise war die einzige Frau in seinem Leben gewesen. An Tagen wie diesem sah er sie vor sich in Strohhut und Sommerkleid, von Blume zu Blume flatternd wie ein Schmetterling, mit Gießkanne und ihrer kleinen Gartenschaufel bewaffnet und voller Lebensfreude.

Als Witwer ließ Jensen sich nicht einfach gehen. Er wusch immer ab, er hielt sein Haus sauber und legte seine Wäsche für den Kleiderschrank zusammen. Er trank mäßig, rauchte nur selten seine Pfeife – und wenn, dann nur im Freien. Aber die kleinen Finessen, mit denen Lise Haus und Garten belebt hatte, gehörten der Vergangenheit an. Verblichen waren ihre Topfpflanzen auf den Fensterbänken. Die vormals immer so bunte Obstschale füllte sich nicht von alleine.

Løndals Rasensprenger raschelte. Jensens eigene Blumen verwelkten in ihren Beeten. Die einzigen Blumen,

die er täglich auswechselte und begoss, waren die Blumen auf Lises Grab.
Mit einem Seufzer knüllte Jensen die Brötchentüte zusammen. Er vermisste Lise bis ins Mark. An einem herrlichen Morgen wie diesem hätten sie über den Tisch hinweg Händchen gehalten, immer noch so verliebt wie in ihrer Jugend.

Selbst ihre drängende Fürsorge vermisste er. Ihre liebevollen Empfehlungen: »Setz dir doch die Schirmmütze auf, bevor die Sonne dich verbrennt!« – und den Hauch ihrer Lippen an dem kahlen Fleck über seiner Stirn.

Alles war plötzlich so schnell gegangen. Die Zeit, das Leben. Die letzten Monate mit Lise versanken wie im Nebel, wie ein verwunschener Traum. Ihre Kinder, wie sie im Elternhaus immer noch hießen, ihre erwachsenen Kinder hatten Lise in ihrer letzten schweren Zeit auch gepflegt, obwohl sie längst selber Eltern waren. Martin hatte mit seiner Frau Cecilie zusammen den kleinen Jonas, und Christine mit ihrem Mann Michael die Zwillingsschwestern Kir und Line.

Er liebte die Gören, wie sie auch ihn, aber die jungen Familien hatten ihr eigenes Leben, und es war ihm wichtig, die Besuche in einem Rahmen zu halten, der allen Freude machte, nicht nur dem älteren Semester. So hinfällig war er denn auch wieder nicht, wie manche Jüngere das von einem Sechzigjährigen anzunehmen schienen. Bei der Kriminalpolizei Midtjylland stand er seinen Mann in der Abteilung für Kapitaldelikte.

Als sie beide noch gesund gewesen waren, hatten Lise und er lange Reisen geplant. Nach Kenia, Rom und vielleicht Rio. Das hatten sie immer noch geplant, als er sich am kräfteraubenden Ende für ihre Pflege hatte beurlauben lassen. Die Pläne hatten ihre Hoffnung am Leben gehalten, bis die Wirklichkeit sie dann doch eingeholt hatte. Eine Zeit lang wollte er sich vorzeitig pensionieren lassen.

Schließlich war es Lise gewesen, die ihm vorgeschlagen hatte, doch noch weiterzuarbeiten.

»Nimm dir etwas vor, wenn ich nicht mehr da bin, Jens Peter«, hatte sie gesagt.

Seither füllte die Arbeit wieder seine Tage aus. Die Kollegen hatten ihn mit gleichen Teilen Fürsorge und Neckereien aufgenommen, liebevoll und mit der berufseigenen Burschikosität: »Na, du kannst uns wohl doch noch nicht entbehren.«

Als aufstrebenden Kriminalbeamten hatten ihn einst die technischen Quantensprünge innerhalb der DNA-Technologie fasziniert, wenn es seinerzeit darum gegangen war, Täter zu überführen. Mit zunehmendem Alter suchte er jedoch am Tatort eher den persönlichen Kontakt zu Zeugen und Verdächtigen. Die Kollegen schätzten dabei seine Erfahrung. Oftmals brachte sein siebter Sinn ihre Ermittlungen erst in die richtige Spur, wo technische Analysen dann auch Sinn machten.

Jetzt leider waren selbst für den besten Polizisten Sommerferien angesagt, und die Zeit des Jahres, die eigentlich die glücklichste zu sein pflegte, schlich vor sich hin.

*

Von der Straße hörte er das elektrische Fahrrad des Postboten summen, machte sich aber gar nicht erst die Mühe, von der Aarhus Stiftstidende aufzublicken, die in der Saure-Gurken-Zeit schon dünn genug war. Werbesendungen kamen mittwochs und samstags, und andere Post nur noch selten.

Aus irgendeinem Grund schien gerade dieser Morgen allerdings die Ausnahme zu sein. Zu Jensens Überraschung hielt der Postbote an, und kurz darauf klapperte der Briefkasten. Eine Urlaubskarte vielleicht? Wen kannte er, der noch Karten verschickte, statt sein Facebook-Profil mit bunten Fotos zu schmücken?

Er holte den Schlüssel aus der Waschküche, um nachzusehen. ›Lise und Jens Peter Jensen‹, stand noch immer an der Gartenpforte. Er hätte es nicht übers Herz gebracht, Lises Namen zu löschen.

Der Umschlag war weiß und die Adresse mit Hand geschrieben. Die zierlichen Buchstaben wirkten fast kalligraphiert, wie ein Gruß aus der Vergangenheit. Um die Spannung zu steigern, versuchte er noch den Stempel auf der Briefmarke zu deuten, aber die Druckerschwärze war zu verwischt. Ganz anders der Absender auf der Rückseite. In blauer Füllertinte stand da: ›Grete Møller‹.

Grete Møller mit den Zöpfen. Dass sie sich noch an ihn erinnerte.

Aber ein weiterer Absender stand da. Auch in Handschrift, aber ganz anders. In kantigen Runen. Eine kleine Falte schlich sich zwischen Jensens Augenbrauen ein. ›Gregers Holm‹.

An Gregers an sich war nichts auszusetzen. Ganz im Gegenteil. In der Volksschule war Gregers Jensens bester Freund gewesen. Für sich getrennt hätten ihn Briefe von beiden gefreut. Zusammen erinnerten ihn Gregers und Grete an ein Komitee. Natürlich: *Klassentreffen*, schoss es ihm durch den Kopf.

Alle drei waren sie in die gleiche Klasse gegangen, Gregers und Grete und er selber, vor ... wie vielen Jahren? Jensen rechnete. Er war als Siebenjähriger zur Schule gekommen und nach der siebten Klasse als Vierzehnjähriger in die Realschule gewechselt. Keine der Zahlen waren weiter rund. Er fragte sich vergeblich, was für ein Jubiläum da wohl anstünde. Bis zum fünfzigsten Realexamen fehlten mindestens noch drei Jahre.

In vieler Hinsicht würde es bestimmt Spaß machen, sie alle wiederzusehen. Die bunt gemischte Horde unterschiedlichster Dorfkinder, die sich seither zu allem Erdenklichen entwickelt hatten: vom Hochschulvorsitzenden zum Geschäftsführer der Futtermittelbranche, vom Sozialhilfeempfänger zum Alkoholiker. Handwerker, Lehrer, Krankenschwestern. Lange Ausbildungen, kurze Ausbildungen, keine Ausbildungen. Wie oft hatte er nicht schon erfahren, dass die Klügsten nicht unbedingt auch die höchsten Ausbildungen absolvierten oder die lukrativsten Stellungen ergatterten.

Gregers hatte schon früh den Betrieb seiner Eltern übernommen. Wie sein Vater war er Elektriker geworden. Und Grete ... hatte sich wohl als Friseurin selbstständig gemacht.

Locken würde ihn so ein Klassentreffen schon. Das Leben musste ja weitergehen. Es kam ihm nur zu früh. Er fühlte sich noch nicht wieder bereit für seine Vergangenheit, seine alte Heimat und die alten Klassenkameraden. Jubiläumstreffen handelten von Wiedersehen und Freude und Glanzbildversionen glücklichen Lebens ...

»Ich leihe dir gerne meinen Flammenwerfer aus.«

Jensen drehte sich um. Løndal hatte das gesagt. Den hatte Jensen ganz vergessen, aber da stand sein Nachbar schon mit dem Gerät in der Hand. Er zielte auf die Einfahrt.

»Du kämpfst sonst vergebens mit dem Unkraut zwischen den Fliesen«, sagte Løndal. Ganz beiläufig zeigte er auf Jensens Brief. »Aber deine Gedanken waren vielleicht gerade woanders?«

»Nein.«

Seine Gedanken hatten zwar anderen Dingen gegolten, gingen aber selbst den freundlichsten Nachbarn nichts an.

Løndal sah ihm enttäuscht hinterher, als Jensen sich ungewohnt abrupt wieder an den Tisch setzte, sein Messer an einem Blatt von der Küchenrolle abwischte und damit den Umschlag aufschnitt.

»Nimm doch den Brieföffner«, hätte Lise ihn ermahnt.

Er lächelte. Das waren die freundlichen kleinen Kontroversen ihres Alltags gewesen. Er hörte sie immer noch. In Lises Kreisen öffnete man keine Briefe mit Buttermessern. In der Hinsicht hatte ihr Verhältnis ein klein wenig Susi und Strolch verkörpert.

Eine Einladung war es tatsächlich. Aber nicht zum Klassentreffen. Ein kleines Stück Brautschleier schmückte die Faltkarte und die Zeichnung eines jungen Brautpaares vor einer klassischen Dorfkirche.

›Wir heiraten‹, stand in goldenen Lettern unter dem Bild. Im Inneren stand:

›Lieber Peter. Zu unserer Hochzeit am 19. Juli um 13 Uhr laden wir dich herzlich ein. Liebe Grüße von Grete und Gregers.‹

Jensens Herz schlug schneller. Er hatte nicht gewusst, dass Grete und Gregers einander so nahe standen.

*

Als Jungen waren sie untrennbar gewesen, Gregers und er. Damals hatte Jensen sich das nie anders vorstellen können. Auch später nicht, als die Wehrpflicht in verschiedenen Kompanien sie vorübergehend getrennt hatte.

Hinterher war er für seine Berufsausbildung bei der Polizei fortgezogen, aber der Jargon war immer noch der gleiche geblieben, wenn er sein Heimatdorf besuchte. Erst später hatte er unwillkürlich einen Keil in die Freundschaft getrieben, wenn auch in bester Absicht: als er Lise nach Rinkenæs mitnahm, um seine zukünftige Frau seinem besten Freund vorzustellen.

Obwohl Lise ihr Bestes tat, sich der Freundschaft anzupassen, war ihr das nie richtig gelungen. Was er ihr nicht vorwerfen konnte. Während Jensen nur den Strolch in ihrem Leben spielte, hatte Gregers ihr gegenüber noch einen Zahn zugelegt und sich als groben Kumpel aufgespielt.

Lise, die aus der Großstadt Aarhus stammte, war im Rinkenæs der Siebzigerjahre ein exotischer Vogel mit ihrem *Rigsdansk* gewesen, dem offiziellen Hochdänisch, das man sonst nur von Lehrern und im Fernsehen hörte mit seinen gedehnten Vokalen und den unzähligen Schattierungen des weichen D und seinen Rachenlauten. Rinkenæs wurde in ihrem Mund zu »Chrinkenæs«, da die Eingeborenen doch das R über die Zungenspitze rollen ließen wie in »Rrinkenæs«. Das regionale *Sønderjysk* war zwar ein dänischer Dialekt, aber zugleich eine diskrete Losung, die Auswärtige erst mal knacken mussten, um an die Volksseele zu gelangen.

An der Sprache alleine hatte es natürlich nicht gelegen, dass Gregers Lise als fremd empfunden hatte. Nichtsdestoweniger war die vormalige Jugendfreundschaft zu Jensens Enttäuschung auf Sparflamme geschrumpft. Gregers' eigentliche Beweggründe hatte er nur erraten können. Vielleicht war Gregers eifersüchtig gewesen, weil er selber nie die große Liebe gefunden hatte?

Nun, da Gregers heiraten wollte, lud er Jensen also wieder ein. Aber erst nach Lises Tod. Die Frage war, ob Jensen denn auch teilnehmen wollte. Aus Solidarität mit Lise legte er die Einladung beiseite, um die Sache erst mal zu durchdenken.

Erst jetzt entdeckte er die persönliche Nachricht auf ihrer Rückseite, geschrieben in der gleichen kalligraphierten Handschrift wie Gretes zierlicher Absender auf dem Umschlag.

›Lieber Jens Peter‹, hatte sie geschrieben. ›Die Einladung wird dich überrumpelt haben. Ich hätte gerne angerufen, wusste aber nicht, wie ich mein Anliegen am besten formuliere. Wir gestalten die Hochzeit im kleinen Rahmen, und es würde uns beiden viel bedeuten, dich dabeizuhaben. Ich würde auch gerne noch etwas mit dir besprechen, am liebsten schon im Voraus, falls du Zeit hättest, denn ich mache mir ernsthafte Gedanken. Ich habe dir ein Zimmer reserviert – siehe Beilage – und hoffe, du findest mich nicht aufdringlich. Herzlichst, Grete.‹

*

Viele andere hätte er sicherlich für aufdringlich gehalten, aber nicht Grete mit den Zöpfen. Überrumpelnd vielleicht schon ...

Er sah ihren Rücken auf der Schulbank vor sich, in der ersten Reihe, und er sah ihre Hand in die Höhe schießen, wenn die Lehrer Fragen stellten. Ein fleißiges kleines Mädchen, das seine Hausaufgaben machte und aufmerksam dem Unterricht folgte.

Manchmal, wenn sie zur Seite schaute, hatte er ihr Gesicht im Profil gesehen – und ab und zu, wenn sie sich ganz umdrehte, ihre blauen Augen. Ansonsten hatten

Mädchen und Jungen damals in zwei verschiedenen Welten gelebt.

Über all die Jahre hatte er seither Gretes Rolle in seinem jungen Leben verdrängt – und fast schon verleugnet. Und jetzt wollte sie etwas mit ihm besprechen? Interessant. Jensen untersuchte die beigelegte Broschüre. Sein Zimmer war in einem Haus gebucht, das sich ›Inges Bed & Breakfast‹ nannte.

Gleichzeitig vernahm er den angenehmen Duft eines Parfüms – dessen Namen Lise sicherlich gekannt hätte – an der verzierten Hochzeitskarte und fühlte sich auf frischer Tat ertappt.

*

Sein Kaffee war lauwarm geworden. Automatisch füllte er aus der Thermoskanne nach, während er die Einladung immer wieder neu las: Rinkenæser Kirche, 19. Juli.

Heute war Donnerstag, der 17. Die beiden verschwendeten keine Zeit, Gregers und Grete. Alles musste anscheinend ganz schnell gehen.

Er versuchte sich Grete vorzustellen, wie sie wohl heute aussehen könnte, musste aber passen. Ihre Zöpfe aus der Schule sah er aber noch genau vor sich. Einen kurzen Augenblick lang verdrängte die Erinnerung fast seine Gedanken an ... Lise.

»Für mich hat es immer nur dich gegeben.«

»Mit wem unterhältst du dich?«, fragte Løndal, der sich angeschlichen hatte – anders konnte man das nicht nennen –, und Jensen ging auf, dass er laut gesprochen hatte. Er schob schnell den Brief unter seinen Teller und erhob sich. Der Nachbar ging ihm nun doch zu weit.

Løndal blinzelte ihm zu wie über ein gemeinsames Geheimnis. Diesmal steckte er Jensen einen Beutel Dünger zu.

»Deine Blumen lassen die Köpfe hängen«, sagte er, spähte dabei aber um Jensens Rücken herum, wo eine Ecke des Briefes noch unter dem Teller hervorlugte. »Gib ihnen hiervon. Und Wasser nicht vergessen.«

»Nur kein Wasser.« Jensen versuchte es mit Humor. »Der Rasen wächst mir jetzt schon über den Kopf.«

»Das habe ich auch schon bemerkt.« Løndal war kein Mann für leise Töne. »Aber kein Problem. Das lösen wir im Handumdrehen.«

»Nein, bitte!«

»Na, klar doch.« Der Nachbar beschattete seine Augen. »Wo Günter gerade umgedreht ist, schneiden wir einen Verbindungskorridor in die Hecke.«

»Günter?«

»Mein Mähroboter. Ich gebe dein Grundstück als Nebenfläche in meine Ladestation ein, dann kommt er in Zukunft ganz automatisch bei dir vorbei. Komm, wir vermessen gleich deinen Rasen. Ich hole nur schnell den Begrenzungsdraht.«

Vielleicht war es am Ende sein aufdringlicher Nachbar gewesen, dachte Jensen in späteren ruhigen Augenblicken, der ihm die Entscheidung leicht gemacht hatte, Gregers und Gretes Einladung anzunehmen.

Als junger Mann war er aus dem heimatlichen Dorf fortgezogen, um seine Freiheit zu suchen und auf eigenen Beinen zu stehen. Jetzt, anderthalb Generationen später, als Løndal sich schon abgewandt hatte, um den vermaledeiten Begrenzungsdraht zu holen, war die Zeit reif, sich wieder zu behaupten: »Jetzt nicht!«

Ein Funke seiner militärischen Grundausbildung musste doch auf ihn abgefärbt haben. Løndal erstarrte.

Jensen gab ihm den Dünger zurück. »Ich mache das lieber in meinem eigenen Tempo. Vorläufig werde ich kurz verreisen.«

*

Er nahm seinen besten Anzug aus dem Schrank, bügelte ein weißes Hemd, presste seine seidene Krawatte und packte den Koffer.

»Mein alter Klassenkamerad Gregers heiratet«, sagte er seinem Sohn Martin am Telefon. »Ich werde ihn für einige Tage in Chrinkenæs besuchen. Nur dass ihr wisst, wo ich bin.«

»Das hört sich gut an«, sagte Martin, und Jensen war ihm dankbar dafür, nicht weiter nachzubohren. Söhne machten einem das Privatleben leicht. Martins Assoziationen waren praktischer Natur. »Nimm Bier und Brause mit, falls du über die Grenze fährst.«

Im Hintergrund hörte Jensen seinen Enkel spielen.

»Grüß Jonas von mir. Ich freue mich dann hinterher auf euch. Und Cecilie natürlich.«

Christine, seine Tochter, war weniger rücksichtsvoll als ihr Bruder. Sie hatte das Fürsorge-Gen ihrer Mutter geerbt. »Wen heiratet dieser Gregers denn?«, fragte sie.

»Ein Mädchen aus unserer Klasse«, sagte Jensen, »wenn dir das wichtig ist.«

»Und wie heißt sie?« fragte Christine.

»Grete.«

»Mochtest du sie damals leiden?«

Wenn seine Tochter nicht Krankenschwester wäre, hätte sie Polizistin werden müssen. Er sagte: »Ja, ja, selbstverständlich, aber wir haben uns schon seit Menschengedenken nicht mehr gesehen.«

»Du hörst dich so merkwürdig an, Vati. Hast du Geheimnisse vor mir?«

In seinem Eifer aufzulegen hätte er fast die Grüße an ihre Töchter und seinen Schwiegersohn vergessen. Obwohl, ganz alleine in seiner Stube, war er sogar errötet.

Gewisse Einzelheiten behielt er Lise vor.

*

Er hatte frische Rosen für das Grab mitgebracht, mit denen er die des Vortages austauschte.

»Ich werde eine kleine Reise antreten«, sagte er und fühlte schon wieder seine Wehmut. »Ist vielleicht ein bisschen albern, aber du würdest mich bestimmt verstehen. In ein paar Tagen bin ich wieder zurück.«

Einen letzten Abstecher machte er vorher noch zu seinem angestammten Friseurladen an der Ecke. Die blanke Barbierschale über dem Eingang signalisierte Magnussens handwerklichen Stolz. Und eine traditionelle Vorgehensweise.

Der einzige Friseurstuhl stand ledig. »Das Übliche?« fragte Magnussen, während er Jensen den Umhang umband.

»Hättest du andere Vorschläge?«

»Was schwebt dir vor? Ein James Bond vielleicht?« Magnussen beurteilte sein Spiegelbild. »In unserem Alter sollte man nicht mehr experimentieren.«

»Ich möchte nur bei der Hochzeit einen ordentlichen Eindruck machen.«

»Das Übliche also.« Magnussen nahm Schere und Kamm aus der Brusttasche seines Kittels.

Als Jensen mit dem Sommerverkehr Richtung Süden rollte, verschwand die letzte Wehmut. Er kurbelte das Fenster herunter und ließ sich den Fahrtwind um die Nase wehen. Alleine auf Reise zu gehen war ihm immer noch ungewohnt, aber die Luftveränderung tat ihm schon gut. Schließlich wurde man auch nicht jeden Tag zu einer Hochzeit eingeladen, und – Hand aufs Herz – war er schon neugierig, was Grete wohl von ihm wollte.

Ganz spontan hatte er sein altes Fotoalbum aus ihrer Kindheit im Dorf eingepackt. Grete hatte eine kleine Hochzeitsfeier angekündigt, aber andere Bekannte waren bestimmt auch mit eingeladen. Gregers' und seine Mannschaftskameraden vom Fußball, Gretes Freundinnen.

An einem Rastplatz südlich von Kolding machte er Halt, genehmigte sich in der Cafeteria einen bescheidenen Imbiss und stellte sich schon das Wiedersehen mit seinen alten Freunden vor.

»Du siehst so froh aus«, sagte die nette Frau an der Kasse.

Zum ersten Mal seit Langem fühlte er sich tatsächlich froh.

*

Rinkenæs lag hoch über der Flensburger Förde, altbekannt und gleichzeitig neu. Jensen kam schon früh an und genoss es, langsam durchs Dorf zu fahren und dabei Eindrücke zu sammeln. Neue Gebäude waren rund um die Kirche entstanden, wo die Trauung stattfinden würde. Die Kirche selber hatte ihren klassischen Stil bewahrt: die weißen Mauern und den quadratischen Turm mit seinem stufenförmigen Dach.

Eine herrliche Aussicht öffnete sich bis zum blauen Wasser der Flensburger Förde hinab, die sich auf beiden Seiten der deutsch-dänischen Grenze zur Ostsee hinausschlängelte. Die Bojen tupften leuchtend orange Flecken ins Fahrwasser. Am gegenüberliegenden Ufer erhob sich das helle Band der Steilküste Holnis.

In Luftlinie gemessen war es ungefähr ein Kilometer bis zur Wasserkante. Vor langer Zeit, sagte man, habe die Gruppe kleiner Fischerkaten die hiesigen Schmuggler beheimatet. Heutzutage konnte sich der Polizeibeamte Jensen kaum noch illegalen Schiffsverkehr über die Förde vorstellen.

Gregers, der seine Heimat nie verlassen hatte, wohnte in seinem angestammten Haus in der Nähe des niedrigen Leuchtturms bei Dalsgård. Seit jeher hatte sich das Haus hinter dichten Büschen versteckt, aber mit etwas Glück ließ sich von der Hauptstraße manchmal ein Blick erhaschen.

Jensen senkte noch einmal sein Tempo. Die Bäume, die in seiner Erinnerung das Haus umrahmten, hatte man wohl abgeholzt.

Aber da war noch etwas mehr. Beziehungsweise nicht mehr ...

Er zog das Auto so abrupt an den Straßenrand, dass hinter ihm ein Lastwagen hupte. Er riss die Tür auf und sprang auf den Grünstreifen hinaus. Den Geruch bildete er sich möglicherweise nur ein, aber seine Augen betrogen ihn nicht. Die Büsche um das Grundstück sahen abgebrannt aus, und das Haus stand nicht mehr wie früher. Stattdessen war da nur eine schwarze Ruine.

Kapitel 2

Die Sackgasse endete vor Gregers' verkohltem Haus. Jensen parkte auf dem Seitenstreifen hinter einem dunklen VW Passat. Rot-weißes Absperrband versperrte die Einfahrt zum Grundstück. Der scharfe Geruch von Feuer und Asche brannte in seiner Nase.

»Gregers?«, rief er, bekam aber keine Antwort.

›Unbefugten ist der Zutritt verboten. Polizei‹ stand auf dem Band, aber die Situation erforderte sein Eingreifen. Als Junge war er in diesem Haus ein- und ausgegangen. Als er zum zweiten Mal gerufen hatte, ohne Antwort zu bekommen, schwang er sich über die Warnleine.

Er kannte das Haus als Fischerhaus mit niedriger Decke und Strohdach. Alt, aber gut in Schuss. Gregers' Familie hatte seit Generationen hier gewohnt und das Anwesen immer gewissenhaft geputzt, gestrichen und erneuert. Jetzt waren die Mauern schwarz vor Ruß, das Strohdach abgebrannt und die Fenster zersplittert.

Der saftige Rasen und die bunten Sommerblumen unterstrichen die Trübsal. Sein alter Freund musste am Boden zerstört sein, dachte Jensen noch, als hinter ihm der Kies knirschte.

Ein jüngerer Mann in Schutzkleidung und -helm der Polizei näherte sich energischen Schrittes. Der Kollege war robust gebaut, sein Ton verständlicherweise reserviert. »Mojn?«

»Mojn.« Trotz der düsteren Umstände hätte Jensen fast über den vertrauten Gruß gelächelt, der ihm immer noch so natürlich über die Lippen kam. In Aarhus hatte er das *Sønderjysk* seiner Kindheit längst abgelegt. Nun, mit einem Mal, hatte ihn die Heimat wieder.

»Hast du in der Einfahrt nicht das Absperrband gesehen? Zutritt verboten.« Der junge Kollege sprach von Amts wegen Rigsdansk, signalisierte mit einem kräftigen Schuss des örtlichen Dialektes allerdings auch ein Entgegenkommen.

Unter seinesgleichen unterhielt man sich ungezwungener. Jensen nahm das Angebot gerne an. Madsens Dialekt war schließlich auch sein eigener gewesen. »Ich bin Kriminalbeamter aus Aarhus, stamme aber ursprünglich aus Rinkenæs.« Er stellte sich vor.

»Madsen.« Sein jüngerer Kollege drückte ihm zwar die Hand, sah ihn jedoch weiterhin schief an. »Ich führe hier die Aufsicht. Falls Verstärkung gerufen wäre, wüsste ich davon Bescheid.«

»Ich will mich gar nicht in deine Arbeit einmischen. Ich bin mit Gregers zur Schule gegangen. Er hat mich morgen zu seiner Hochzeit eingeladen.«

Madsen scharrte mit seinem Schuh die Erde auf. Seine Augen verdunkelten sich. »Es wird keine Hochzeit geben«, sagte er. »Gregers Holm ist leider im Feuer umgekommen.«

Trotz der Sommerhitze wurden Jensens Füße eiskalt.

»Das Haus ist heute früh abgebrannt«, sagte Madsen, als hätte er Jensens stumme Frage vernommen. Einen kurzen Augenblick lang vergaß er seine dienstliche Zurückhaltung. »Kurz nach Sonnenaufgang. Die Feuerwehr ist erst vor Kurzem wieder abgefahren.«

Grete musste zutiefst erschüttert sein. »Ist seine Verlobte informiert?«

»Grete Møller, ja.« Madsen nickte. »Ich habe mit ihr gesprochen. Eine schöne Nachricht war das nicht.«

Das Gespräch musste schmerzhaft gewesen sein. Jensen hatte in seinem Berufsleben auch Hinterbliebenen brutaler Todesfälle gegenübergestanden. Oftmals nach Verbrechen.

»Es ist zwar nur ein schwacher Trost, aber zumindest scheint er friedlich in seinem Bett gelegen zu haben, als das Feuer entstand«, sagte Madsen. »Allem Anschein nach hat ihn der Rauch im Schlaf erstickt.«

Er bemerkte wohl Jensens skeptischen Blick zu der schwarzen Ruine und erklärte: »Das Feuer hat das Schlafzimmer nicht erreicht. Man hätte denken können, er träumte noch vor sich hin.«

Das brachte Gregers zwar nicht wieder zum Leben, tröstete aber tatsächlich irgendwie.

»Er wird jetzt natürlich obduziert«, ergänzte Madsen.

»Wisst ihr schon, wie das Feuer entstanden ist?«

»Die Techniker dürften gleich ankommen.« Madsens Schutzkleidung knisterte, als er den Helm zurückschob. »Das Vorgehen kennst du ja sicherlich – als Polizist?« Der wachsame Ausdruck meldete sich wieder in seinen Augen. Sein Blick glitt an Jensens Freizeitkleidung hinab. »Zu der Hochzeit morgen warst du eingeladen?«

»Ja.«

»Du bist aber schon heute hier?«

»Wir hatten so viel nachzuholen. Alle drei«, sagte Jensen etwas vage. Genau genommen war es ja nur Grete gewesen, die ihn gerne hatte sprechen wollen.

»Gestern bist du nicht schon hier gewesen?«

Endlich begriff Jensen auch den misstrauischen Unterton. Er hätte sich beleidigt fühlen können, aber Madsens Gedankengang war einfach der eines Polizisten. Das Feuer würde als mögliches Verbrechen untersucht werden, und solange das Ergebnis nicht vorlag, konnte er niemanden von einem generellen Verdacht befreien. Auch Gregers' besten Schulfreund nicht.

›Der Täter wandert an den Tatort zurück‹ war nicht ohne Grund ein geflügeltes Wort, und hier stand Jensen mit beiden Beinen genau dort. Wie Madsen im Übrigen ja auch. Jensen fiel eine Episode aus seiner Karriere ein, in der ausgerechnet ein Kollege die Häuser seiner Nachbarn abgefackelt hatte, um dann als der große Retter aufzutreten.

»Du kannst mein Alibi gerne nachprüfen«, sagte er freundlich.

Der Landbeamte blieb bei seinem formellen Ton. »Falls ich dafür Grund sehe, werde ich das auch tun.«

Ein offener Fiat 500 kam den Weg entlang und parkte hinter Jensens Peugeot.

*

Eine schlanke Frau stieg aus. Sie nahm ihr Kopftuch ab und schüttelte ihre hellgrauen Haare. Sie trug Jeans und einen Pulli und Sandalen und überquerte die Absperrung mit jugendlicher Eleganz.

Beim Anblick von Jensen stutzte sie. Er sperrte selbst den Mund auf. Die Zöpfe waren Vergangenheit, aber sobald sie die Sonnenbrille von den Augen nahm, verschwand sein letzter Zweifel. »Grete?«

»Ich wusste nicht, dass du schon hier bist.«

Sein Mund wurde trocken. Wie begrüßte man wohl eine Frau, mit der man schon in der Schulklasse kaum jemals gesprochen hatte? Eine Frau, die einen zu ihrer Hochzeit eingeladen hatte, nur um tags zuvor ihren zukünftigen Gatten zu verlieren?

Die Zeit schien an ihr vorübergegangen zu sein. Ihre Augen hatten noch immer die blaue Farbe der Förde, und im nächsten Augenblick fegte sie alle Zweifel über die rechte Begrüßung weg. Es wurde eine lange Umarmung.

»Wie schön, dich zu sehen!«

Der Duft ihres Haares stieg ihm zu Kopf, und die Nähe ihres Körpers erwärmte ihn. Seit Lises Tod hatte er nur noch seine Kinder und Enkel gehabt. Augenblicklich holte ihn sein schlechtes Gewissen ein. Dabei ging es ihm ja nur darum, Grete beizustehen, wie er sich einredete.

Zur gleichen Zeit spürte er komischerweise eine Stärke, die umgekehrt floss: von ihr zu ihm. Bei seiner Ankunft hatte er sich wie ein Gast in seiner eigenen Vergangenheit gefühlt. Auf einmal, mitten in der Katastrophe, war er am rechten Ort.

»Madsen hat mir alles erzählt«, sagte er. »Die Techniker werden bestimmt alles tun, um die Ursache aufzuklären.«

Ein Ruck ging durch Grete. Sie schob ihn von sich. »Es war ein Unglück«, sagte sie. Dabei waren ihre Worte eher auf Madsen gemünzt als auf ihn. »Du glaubst doch wohl nicht im Ernst, dass jemand Gregers absichtlich umgebracht hätte?«, fragte sie den Polizisten.

Madsen krümmte sich, und mit gutem Grund. Unmittelbar waren auf dem Grundstück weder verdächtige Benzinkanister noch Brandsätze zu sehen. Die Sonne beschien die Obststräucher. Schmetterlinge flogen von Blüte zu Blüte, und Bienen summten.

Gregers hatte sich nie Feinde gemacht. Eher war er in sein eigenes Schneckenhaus gekrochen, wenn die Welt ihm zu viel wurde. Wie er sich auch zurückgezogen hatte, als Lise im Leben seines alten Freundes aufgetaucht war.

»Warten wir erst mal ab, was bei der Untersuchung herauskommt«, murmelte Madsen und wirkte ganz erleichtert, als ein taubenblauer Transporter rückwärts in die Einfahrt bog. Das gab ihm eine willkommene Gelegenheit die Absperrung zu öffnen.

Sie kamen zu zweit: ein blonder junger Mann um die dreißig und ein älterer Kollege mit angegrauten Schläfen, der beim Anblick von Jensen und Grete die Stirn runzelte.

Die Techniker hießen Lund und Skov. Schnell stellte Madsen alle einander vor und entschuldigte gleich die Anwesenheit Unbefugter mit Jensen und Gretes nahem Verhältnis zum Opfer.

»Schon in Ordnung«, sagte Lund, der Angegraute. »Trotzdem möchte ich euch bitten, das Grundstück zu verlassen, bis wir hier fertig sind.«

»Wir könnten so lange spazieren gehen«, schlug Grete vor.

*

Der Strand war schmal und kantig. Kies aller Größen und zerbrochene Mauersteine längst verfallener Ziegeleien lagen auf dem Sand. An einer Stelle reichten größere Klippen bis an die Wasserkante. Als sie um die Klippen herumbalancierten, nahm Grete ganz natürlich Jensens Hand.

Madsen sah ihnen vom Haus aus nach. Das würde jetzt erst recht den Verdacht des Polizisten auf Brandstiftung wecken, dachte Jensen. Hier ging er Hand in Hand mit der Braut und schämte sich schon fast über sein eigenes Glücksgefühl.

»Madsen hat leider mehr recht, als ihm das überhaupt klar ist«, sagte Grete, deren Blick wohl Jensens gefolgt war. »Zynisch betrachtet gab es ein lohnendes Motiv, Gregers zu töten.«

Sie blieb am Leuchtturm stehen, der früher die Schiffsfahrt über die Förde gelotst hatte. Heutzutage wuchsen wilde Brombeersträucher um die ehemalige Hütte des Leuchtturmwärters.

Im nächsten Augenblick zog sie ihn einen kleinen Abhang hinauf, an den Rand eines mit Hafer bepflanzten Feldes. Im Norden streckte sich Rinkenæs mit der Kirche und seinen Danebrog-Fahnen dem blauen Himmel entgegen; südlich glitzerte die Sonne in der Flensburger Förde. Sie glitzerte auch in Gretes Haar.

»Wie schön es hier doch ist«, sagte er.

»Das ist die Untertreibung des Tages.« Grete wies mit einer weiten Geste über die Felder. »Und fast alles hier hat Gregers gehört. Alles von hier bis zum Haus.«

»Ich habe nicht gewusst, dass er so viel Land besitzt«, sagte Jensen.

»Am Anfang hatte er nur wenige Hektar geerbt, aber nach und nach hat er dann mehr dazugekauft. Er gönnte sich sonst nicht viel, er misstraute den Banken und glaubte weder an Aktien noch Obligationen. Er hat das Land verpachtet und freute sich über das Korn, wenn er spazieren ging. So lange er das noch konnte.«

Sie griff sich einen Haferhalm und ließ die reifen Rispen durch die Finger laufen. »Er hätte Millionen für die Felder bekommen. Du kannst dir vorstellen, wie begehrt die Lage als Bauland wäre bei der Aussicht. Angebote lagen vor, sage ich dir, aber der Gedanke an noch ein Golfhotel mit einem Golfpark vor seiner Tür war ihm zuwider. Ihm ging es darum, die Landschaft zu bewahren. Ich sollte diese Linie auch nach seinem Tod fortzusetzen.«

Jensen studierte ihren Gesichtsausdruck. »Hatte Gregers denn schon seinen Tod erwartet?«

»Er war unheilbar krank«, sagte sie. »Krebs. Man bot ihm Chemotherapie an, aber Gregers lehnte ab. Er hätte lieber noch die letzten Wochen erträglich gelebt als neue Qualen auf sich zu nehmen. Und machte mir einen Heiratsantrag.«

In seiner Freude über ihren gemeinsamen Spaziergang hatte Jensen fast ihre Sorge um den toten Verlobten vergessen. »Wart ihr schon lange zusammen?«

Grete schaute zur Seite. »Wir waren kein Paar. Er wollte mich nur heiraten, um sein Erbe zu sichern.«

»Er muss doch auch sonst noch Familie haben. Was macht seine Schwester Astrid?«

»Sie ist im vergangenen Jahr gestorben. Nur Otto ist noch da, ihr Sohn.«

»Gregers' Neffe.«

Sie nickte. »Gregers mochte Otto gern, hielt ihn aber noch nicht für reif genug, die Verantwortung für seinen Landschaftsschutz zu übernehmen. Andererseits brachte Gregers es nicht übers Herz, Otto schlichtweg zu enterben.«

»Und deshalb schlug er dir eine Scheinehe vor?« Jensen hätte vor Erleichterung jubeln können. »Alles nur, um Otto nicht zu beleidigen?«

Ganz plötzlich war es gar nicht mehr so treulos von ihm, sich von der Braut bezaubern zu lassen.

Grete hingegen sah schuldbewusst aus. »Der Gedanke gefiel mir nicht. Am liebsten hätte ich mich gar nicht in seine Familienangelegenheiten eingemischt, aber mit wem hätte ich mich besprechen können? Am Ende fielst du mir ein. Du kennst noch das Dorf, bist aber nicht mehr in den täglichen Tratsch eingesponnen.«

Deshalb hatte sie ihn also im letzten Augenblick gebeten, rechtzeitig zu erscheinen. Nach all den Jahren, die er Grete nicht gesehen hatte, war Jensen ebenso geehrt wie überrascht. Gleichzeitig meldete sich allerdings auch sein innerer Polizist. Gregers' plötzlicher Tod machte seinen Neffen zum Millionär. Falls die Techniker jetzt noch Spuren von Brandstiftung fänden, wäre das ein schwerwiegendes Motiv.

Grete biss sich auf die Unterlippe. »Otto ist ein guter Junge. Deshalb möchte ich keinen falschen Verdacht auf ihn lenken.«

Jedenfalls nicht Madsen gegenüber, verstand Jensen. Nach außen hin wies sie alle Spekulationen über Brandstiftung vehement ab.

*

Ein schmächtiger junger Mann erwartete sie vor der aschfarbenen Ruine.

»Otto.« Grete umarmte den jungen Mann. Reichlich zart und lange, nach Jensens Geschmack. Beide schienen sich aneinander festzuhalten. »Es tut mir so leid.«

»Wer hätte das gestern Abend gedacht, als wir uns von ihm verabschiedeten?«, fragte Otto. »Ich war noch mit ihm vor dem Haus gewesen, bevor wir ihn wieder zu Bett brachten.«

»Dies ist Gregers' Neffe, von dem ich dir erzählt habe«, stellte Grete etwas atemlos vor. »Und dies ist Jens Peter, den wir zur Hochzeit eingeladen hatten, bevor ... ja, bevor das Unglück nun geschehen ist.«

»Mein herzliches Beileid«, sagte Jensen.

Die Hand des Neffen in seiner Faust fühlte sich kalt und schlapp an. Die Augen flackerten zu dem abgebrannten Haus hinüber. »Onkel Gregers hat mir von dir erzählt. In der Schule wart ihr wohl die besten Freunde. Er hätte dich gerne wieder öfter gesehen. Ihm fehlte nur immer die Initiative.«

Er hätte die alten Risse schon längst selber wieder kitten müssen, dachte Jensen. Jetzt kam seine Reue zu spät. Zumindest erkannte er Züge des jungen Gregers im Gesicht des Neffen wieder: die hohe Stirn, die schmale Nase.

Leider auch Züge von Gregers' Schwester. Astrid war eine bedrohliche Zehnjährige gewesen, als Gregers und der kleine Jens Peter in die erste Klasse kamen. Lange Zeit war Jens Peter ihrem hitzigen Gemüt auf dem Schulhof im großen Bogen ausgewichen. Und auch wenn er seinen Freund zu Hause besuchte. Man wusste nie, was sich in Astrids eigensinnigem Gehirn zusammenbraute. Wie bei ihr bildeten die dunklen Augenhöhlen auch in Ottos Gesicht einen markanten Kontrast.

Natürlich drückte ihn die Sorge. Otto sah betrübt aus. Er ließ die Schultern aber fast schon zu überzeugend hängen, dachte Jensen. Als ob er die Rolle des Trauernden nur spielte.

Gleich darauf verwarf Jensen den Verdacht. Er kannte die unangenehme Berufskrankheit vieler Polizisten, überall Täter zu sehen, und hatte sich nun doch selber anstecken lassen. Dass Gregers' Tod in zwölfter Stunde seinem Neffen noch das Erbe bewahrte, machte nicht automatisch Otto zum Mörder.

Ohnehin war die Ursache des Feuers noch ungeklärt.

Am Haus entstand Bewegung. Die Techniker tauchten mit einem Beutel aus dem schwarzen Inneren auf, und Jensen ging zu ihnen hinüber.

»Gibt es neue Erkenntnisse?«

*

Die Techniker nahmen ihre Schutzhelme ab. An ihren hitzebeständigen Anzügen klebte Ruß und Asche, ihr Haar klebte vor Schweiß.

Lund führte das Wort. »Wir haben weder an den Außenwänden noch in der Umgebung Zündquellen gefunden. Nichts deutet auf äußerliche Brandstiftung hin. Wir vermuten deshalb, dass das Feuer im Haus entstanden ist.«

Otto und Grete hatten sich zu ihnen gesellt. Als der Techniker auf das nahe liegende zersplitterte Fenster zeigte, hörte Jensen den Neffen scharf einatmen, als wäre er auf frischer Tat ertappt worden.

»Das Büro«, sagte Grete.

Die Sonne stand im Südwesten, die Mauer lag im Schatten, und das Fenster glich einer schwarzen Falle.

»Wir nehmen einen Kurzschluss in der Schreibtischlampe an«, sagte Lund. »Genauer gesagt in der Stromleitung.«

Er griff in den Beutel und brachte eine Leitung zum Vorschein, deren Isolierung verschmort war. Am Ende der Leitung hing ein zerschmolzenes Metallstück, das wohl die Lampe gewesen war.

»Oh nein«, sagte Grete. »Ich weiß nicht, wie oft ich Gregers gebeten habe, sie in den Müll zu werfen, aber jedes Mal wickelte er nur wieder neues Isolierband um die Leitung. Er konnte so geizig sein.«

»In dem Fall ist es ihn teuer zu stehen gekommen«, sagte Lund. »Alles deutet auf einen Unfall hin.«

Ein tiefer Seufzer ertönte.

Als Jensen sich nach Otto umdrehte, sah er die Erleichterung in den Augen des jungen Mannes.

»Hattest du etwas anderes befürchtet?«, fragte er, vielleicht etwas zu angriffslustig.

»Nein, nein.« Otto hielt seine Hände wie ein Schutzschild in die Höhe. »Der Gedanke, dass jemand Onkel Gregers absichtlich umgebracht hätte, wäre mir nur zu viel gewesen.«

Und vielleicht auch die Furcht, von der Polizei gejagt zu werden?

*

Kurz danach brach Otto auf. Er habe noch zu tun, sagte er, und müsse schon in Sønderborg sein, wo er wohne.

»Lockt das Beisammensein mit deiner neuen Freundin?«, neckte ihn Grete.

Auch ihre Laune hatte sich durch die Schlussfolgerung der Techniker verbessert.

»Laura? Du hast sie ja schon kennengelernt.« Ein stolzes Lächeln glitt über Ottos blasses Gesicht. »Ihr werdet uns hoffentlich bald besuchen«, sagte er beim Abschied.

Sie sahen ihm nach, als er sich in einen nagelneuen BMW setzte und die Hügel hinauffuhr. Der polierte Lack spiegelte die späte Nachmittagssonne.

»Du magst ihn nicht«, stellte Grete fest, als sich das Summen des teuren Motors in der Abendstille verlor, und sie wieder alleine waren.

Sie hatte recht. Gleichzeitig kannte Jensen ihr eigenes kompliziertes Verhältnis zu Otto und wollte Grete jetzt nicht von sich stoßen.

Es fiel ihm schon schwer genug, noch eine Frage auf den Tisch zu bringen, die sonst niemand bisher gestellt hatte. Gregers mochte zwar geizig gewesen sein. Er war aber auch Elektriker gewesen. Würde ein gelernter Elektriker tatsächlich so fahrlässig mit seinen eigenen Stromkabeln umgehen?

»Vor einiger Zeit untersuchten wir mal den Brand eines alten Bauernhauses«, begann Jensen vorsichtig. »Auch da deutete alles auf einen Kurzschluss hin.«

Grete runzelte die Stirn.

»Ich verschone dich mal mit den Einzelheiten«, sagte er. »Unterm Strich stand am Ende Folgendes: Nicht der Kurzschluss hatte das Feuer gezündet, sondern das Feuer den Kurzschluss.«

Ihr Ausdruck veränderte sich nur unmerklich. Trotzdem spürte er ihren Vorbehalt. »Mit anderen Worten: Du glaubst immer noch an Brandstiftung?«

»Ich würde die Möglichkeit zumindest nicht ausschließen.«

Jetzt war es raus. Vor Erleichterung riskierte er Kopf und Kragen.

»Und ich glaube sogar, es beweisen zu können.«

Kapitel 3

Die Worte waren gesagt, bevor Jensen näher darüber nachgedacht hatte. Er sah seinen Fehler sofort ein, als Gretes Augen vor Streitlust blitzten.

»Wenn ich dich recht verstehe«, sagte sie scharf, »soll Otto das Haus angezündet haben? Ist das deine Behauptung?«

Fort war die sanfte Frau, die am Strand seine Hand gefasst hatte. Dass Ottos Motiv glasklar war, spielte keine Rolle. Gregers' Tod hatte seinem Neffen über Nacht die wertvollen Felder in die Hand gespielt. Trotzdem verteidigte Grete ihn wie eine Löwenmutter. In ihren Augen war Otto anscheinend über jeden Verdacht erhaben.

Mit jeder widrigen Andeutung riskierte er nur ihre Abweisung, was keinem weitergeholfen hätte.

»Ich beschuldige Otto nicht persönlich«, schickte er schnell hinterher. »Ich sprach nur ganz allgemein davon, wie schwer es sein kann, zwischen Ursache und Wirkung in einem Hausbrand zu unterscheiden. Ob es ein Kurzschluss war, der das Feuer entfachte, oder ob das Feuer den Kurzschluss auslöste.«

Am Haus hatten Lund und Skov damit begonnen, ihre Geräte in den Transporter zu laden. Das gab ihm eine Idee.

»Vielleicht kann ich dir zeigen, was ich meine.« Jensen überlegte. »Ich brauche dafür nur Strom und eine Leitung.«

Jedenfalls weckte die Bemerkung Gretes Humor. »Da schlummert wohl ein kleiner Egon Olsen in dir?«

Ihr vertrauliches Augenzwinkern machte ihn ganz froh. »Ich könnte ja mal fragen. Die Techniker haben sicherlich eine Stromleitung übrig, die sie mir gerne leihen.«

Aber Grete hielt ihn zurück. »Lass uns lieber zu Gregers' Werkstatt fahren. Dort liegen Kilometer von Stromkabeln.«

Ihr Bedürfnis, die Polizei zunächst herauszuhalten, leuchtete ihm ein. Es passte Grete sehr gut, dass man offiziell von einem Unglück ausging.

In gewisser Weise passte es ihm auch selbst. Seine Hypothese war theoretisch elegant, es bedurfte aber doch wohl einiger Vorbereitung, sie auch zu beweisen. »Gut. Gregers' Werkstatt?«

Ihr komplizenhafter Gesichtsausdruck war Gold wert.

Als er Grete den Weg ins Dorf hinauf folgte, musste er sich in den Arm kneifen, um ganz sicher zu sein, dass er nicht nur träumte. So viel war geschehen, seitdem er am Morgen zu Hause abgefahren war. Die Hochzeit war abgesagt, der Bräutigam unter rätselhaften Umständen verstorben – und hier fuhr er mit der Braut zusammen auf Exkursion.

Johannes Holm & Sohn stand auf dem Schild in der Einfahrt, wie schon alle Zeit – jetzt nur mit der ausdrücklichen Ergänzung: *Inh. Gregers Holm – autorisierter Elektro-Installateur.* Was dann auch schon wieder der Vergangenheit angehörte.

Die Werkstatt und das Lager gingen zur Straße. Hinter dem Lager hatte die Holm-Dynastie eine niedrige Baracke als Kontor benutzt. Der Besitz wirkte vernachlässigt, das Gras wuchs schon auf den Treppenstufen.

Grete schloss die Werkstatt auf. Eine Reihe von Neonröhren erwachte flackernd zum Leben, als sie auf den Schalter drückte. Es roch nach gelagertem Plastik und Gummi. Auf den Regalen herrschte peinliche Ordnung.

Jensen fand schnell eine passende Verlängerungsleitung und eine Zange.

Weiter kam er allerdings nicht.

»Bevor du mit deinen Experimenten beginnst, sollten wir dich bei Inge einquartieren«, meinte Grete. »Ich kann inzwischen das Abendessen zubereiten.«

Jensen legte das Kabel und die Zange hin.

»Ich möchte dir auf keinen Fall Unannehmlichkeiten bereiten«, log er. Es gab nichts, das er lieber tun würde, als mit Grete zu essen.

»Dummes Zeug. Alles war doch schon fertig, auch wenn wir jetzt nur zu zweit sind. Ich hoffe, du bist hungrig.«

Seit dem Imbiss an der Autobahn dachte er zum ersten Mal wieder ans Essen. Augenblicklich knurrte ihm der Magen. »Hungrig wie ein Wolf.«

Er steckte die Zange in seine Tasche und rollte die Leitung für den Transport zusammen.

*

Sie fuhren weiter im Geleit. Kindheitserinnerungen tauchten an den Ortsstraßen auf. Er erkannte die Häuser wieder, in denen seine Klassenkameraden gewohnt hatten. Die Schule stand an ihrem alten Platz, desgleichen die Eisbude vor dem »Saft«, wie sie das Versammlungshaus genannt hatten – einem der wenigen Orte, wo man mit

Glück Mädchen treffen konnte. Sonst war es bei verstohlenen Blicken über den Fußballplatz hinweg geblieben, wenn die Mädchen »zufällig« beim Fußballspiel der Jungen vorbeikamen, die Ulrik LeFevre und Ole Bjørnmose nacheiferten.

Nachdem seine Eltern gestorben und sein Bruder Reiner mit dessen Familie nach Kopenhagen gezogen war, kam Jensen nur noch selten in seine Heimat, aber an ein besonderes Fest aus seiner Jugend mit Musik und Tanz erinnerte er sich: das einzige Fest, an dem alle Klassenkameraden teilgenommen hatten.

In züchtigem Rahmen feierte Berit aus der Klasse im Keller des roten Backsteinhauses ihrer Eltern ihren vierzehnten Geburtstag. Selbst die Sweet-Platten, die sie als Geschenke bekommen hatte, vermochten lange keine Stimmung zu verbreiten. Die Mädchen saßen für sich, die Jungen auch. Bis einer Lobo auflegte, das Licht ausknipste und die Hormone in Schwung brachte.

Noch heute erinnerte er sich an die Hände, die ihn in der Dunkelheit fanden und ihn auf die Tanzfläche zogen.

In dieser Dunkelheit hatte er seinen ersten Kuss bekommen – den einzigen, bevor Lise in sein Leben getreten war.

*

Grete bog vor einer hohen Villa auf den Parkplatz ein.

Inges Bed & Breakfast stand auf einem Schild. Illustriert war es, frei nach dem berühmten Gedicht Halfdan Rasmussens, mit dem bunten Bild einer fliegenden Ente, die einen Einspänner hinter sich herzog. Ein Pfeife rauchendes Pferd machte es sich im Wagen gemütlich.

Jensen lächelte. ›Die schnatternde Ente aus der Gemeinde Rinkenæs‹ kannte in Dänemark jedes Kind.

Einige andere Autos standen schon auf dem Parkplatz, teils mit ausländischen Kennzeichen: deutsch, schwedisch, norwegisch.

»Du hättest auch mein Gästezimmer haben können, aber ich dachte an deinen guten Ruf«, sagte Grete, während er seinen Koffer aus dem Gepäckraum hob. »Hast du bemerkt, wie Madsen uns nachschaute, als ich am Strand deine Hand fasste?«

»Hoffentlich vermutet er kein Eifersuchtsdrama.«

Jensen schloss die Heckklappe und aktivierte die Fernbedienung. Die Rückleuchten bestätigten die Verriegelung mit kurzen Aufleuchten.

Die Villa war älteren Datums. Jensen kannte sie noch aus seiner Kindheit. Inzwischen war das steile Dachgeschoss mit Erkern ausgebaut worden.

Grete sprang die zwei steinernen Stufen zur großen Haustür hinauf und öffnete ihm.

Unter einer gewundenen Treppe stand ein Schreibtisch mit Notizbuch und Laptop in der hohen Halle. Von der Decke hing eine voluminöse Messinglampe. Es duftete nach Zimt und frisch gebrautem Kaffee.

»Da haben wir ja Inge.«

Grete nickte einem beschürzten Mädchen Anfang der Dreißiger zu, das mit aufgekrempelten Ärmeln zwei Thermoskannen an ihnen vorbeitrug.

»*Turnikuti*, gleich bin ich da.« Inge stellte die Thermoskanne auf die Anrichte des angrenzenden Raumes, wo auch schon mehrere gedeckte Speisetische bereitstanden.

Ihr schien es keinerlei moralische Probleme zu bereiten, Gregers' Verlobte mit einem anderen Mann zu sehen. »Jensen?« Die gute Laune musste ihr angeboren sein. Ihr

Willkommensgruß kam ohne Vorbehalte, als sie wieder im Empfang erschien. »Mojn! *Velkum til Rrinkenis!*«

»*Mojn. Å tak*«, dankte Jensen.

Selten hatte er sich herzlicher aufgenommen gefühlt.

Inge schickte Grete einen Blick, der gleichermaßen Freude und Anerkennung zu bedeuten schien, bevor sie sich wieder ihrem Gast zuwandte. »Ich weiß natürlich noch, wer du bist«, sagte sie in ihrem klingenden *Sønderjysk.* Meine Mutter war eine Klasse unter dir.«

Da war er also wirklich wieder zuhause im »Ententeich«, dachte Jensen. Jeder kannte hier jeden.

Endlich erlaubte Inge sich, Grete zu begrüßen. Die Umarmung der beiden Frauen war innig.

»Die Sache mit Gregers tut mir so leid, Grete. Was kann ich dir überhaupt sagen?«

Endlich glitt auch ein Schatten über Gretes Gesicht, den Jensen schon viel früher erwartet hatte. Ihm gegenüber war es ihr gelungen, die positive Fassade zu bewahren. Jetzt schüttelte sie nur den Kopf.

»Wie geht es dir?«, fragte Inge.

»Es muss ja gehen.« Grete wischte eine Träne fort.

Der Drang befiel Jensen, sie in seine Arme zu nehmen, aber Inge kam ihm zuvor.

»Kommt. Ich habe frischen Kaffee da.« Sie winkte Grete und Jensen in den Speiseraum, setzte sie an einen der Tische, stellte ihnen Tassen hin und schenkte ihnen ein. »Kuchen? Ich habe gerade die Zimtschnecken aus dem Ofen geholt.«

Sie wartete gar nicht erst auf eine Antwort, sondern tauchte gleich darauf wieder mit einer geflochtenen Schale dampfenden Gebäcks auf.

Grete lehnte dankend ab.

Jensen nicht. Die Zimtschnecke war noch warm, ofenfrisch und außen so knusprig von kristallisiertem Zucker wie innen weich.

Durch eine offene Glastür fiel das Sonnenlicht aus dem Garten ins Haus. »Ich kann es noch gar nicht fassen«, sagte Inge. »Ich sehe Gregers immer wieder vor mir, wie er hier die Leitungen verlegt hat. Für dich muss das ein Albtraum sein. Und eure Hochzeit morgen ...«

»Alles gleich abgesagt. Ich habe den ganzen Tag am Telefon gehangen.« Grete lachte freudlos. »Irgendwie musste ich mich ja ablenken.« Ihr Galgenhumor machte sie in Jensen Augen nur noch verletzlicher. »Ich muss da einfach durch.«

Inge drückte ihr den Arm. »Ich bin für dich da.«

»So lieb von dir –«

»Wisst ihr schon, was den Brand verursacht hat?«

Grete war gleich wieder auf der Hut. »Ein Unfall.«

»Natürlich.« Inge gab sich einen Ruck. »Lasst euch von mir nicht aufhalten. Ihr habt sicherlich viel um die Ohren.«

Sie ging zum Empfang zurück, und Jensen und Grete folgten ihr. Jensen klopfte sich die Brusttasche ab, wo er seinen Ausweis für die Formalitäten hatte.

Hinter dem Schreibtisch hingen einige Schlüssel an Haken an der Wand, von denen Inge einen auswählte. »Zimmer fünf steht bereit. Das östliche im ersten Stock. Wollen wir hochgehen?«

»Lass mich das nur machen.« Grete hatte sich schon wieder in ihre tatkräftige Ausgabe verwandelt. Sie nahm Inge schnell den Schlüssel ab und stieg kundig die Treppe hoch.

»Das ging ja ganz informell.«

Während sie im ersten Stock an den anderen Zimmern vorbeigingen, steckte Jensen seinen Ausweis wieder weg.

»Du wohnst hier privat.« Grete steckte den Schlüssel in die Tür mit einer aufgemalten Fünf. »Dafür frisiere ich Inge ab und zu privat. Aber das brauchen deine Kollegen von der Steuer nicht zu wissen.«

*

Das Bett war mit einer geblümten Decke bezogen. Der Balkon war so klein, dass sie hautnah am Geländer standen, um die Aussicht zu genießen.

»Dort drüben wohne ich.«

Ihr Arm streifte seinen, als sie auf das Dach ihres Hauses wies. Es stand gleich hinter den Buchen, die Inges Grundstück umgaben.

Gerade da klingelte sein Telefon im Zimmer, und er fühlte sich auf frischer Tat ertappt.

»Vati?«, tönte es aus dem Hörer. »Ich hatte schon nicht mehr geglaubt, dass du überhaupt abnimmst.«

Grete nahm leise ihre Tasche vom Stuhl. Mit einem Lächeln und einem Luftkuss verschwand sie aus der Tür. Zurück blieb nur ihr Duft.

»Hallo? Bist du noch dran? Was geht bei dir vor?«

»Oh, da war gerade ... Die Empfangsdame hat mich noch eingewiesen.«

Jensen fühlte sich wie ein Verräter an Grete. Er verstand nicht, wie Christine ihn immer dazu brachte, die Unwahrheit zu sagen.

»Du bist so schnell verschwunden. Planst du eigentlich noch, Montag an deinem Geburtstag wieder zu Hause zu sein, oder ist der abgeblasen?«

Mit einmal erschien ihm Aarhus unendlich fern. »Aus der Hochzeit wird leider nichts. Gregers ist bei einem Feuer umgekommen.«

Ausnahmsweise wurde seine Tochter ganz still. »Bei einem Feuer?«

»Sein Haus ist abgebrannt.«

»Oh nein! Hoffentlich ist dir nichts geschehen?«

Der Gedanke war ihm gar nicht gekommen. »Alles war vorbei, als ich ankam.«

»Na, Gott sei Dank. Aber ... dein bester Schulfreund?«

Ihre Stimme ließ ihn schlucken. Den erwachsenen Gregers hatte er fast nicht gekannt, aber den kleinen Jungen sah er genau vor sich. Dünn, fast mager, mit abstehenden Ohren. Unbedarft in seinen seltenen Prügeleien, aber dann immer wieder mit frischem Mut auf den Beinen.

»Wie konnte das passieren?«, fragte Christine.

»Da werden noch technische Untersuchungen durchzuführen sein.«

»Auf die du dich hoffentlich nicht einlässt? In deinen Ferien.«

Jensen räusperte sich. »Ich fühle mich natürlich in der Pflicht. Als Polizist.«

Christine klang skeptisch.

»Sind da nicht die örtlichen Behörden zuständig?«

»Du kennst ja die Melodie. Überall wird gespart, und meine vierzig Jahre Erfahrung kann man sicherlich gut gebrauchen.«

»Ach ja?«

»Wie du sagst: Gregers war mein bester Freund.«

»Und diese Grete?«, fragte seine Tochter.

»Grete war zum Glück nicht vor Ort. Aber ich muss ihr beistehen.«

»Ja, klar.« Endlich lenkte Christine ein. »Du wirst also noch eine Weile in Chrinkenæs bleiben?«

»Mir bleibt wohl nichts anderes übrig.« Jensen seufzte reichlich theatralisch.

Beistehen wollte er Grete allemal. Falls für ihn überhaupt Platz an ihrer Seite war. Am Strand hatte er sich Grete sehr nahe gefühlt, aber verglichen mit einer Freundin wie Inge spielte er wohl doch nur eine Nebenrolle in ihrem Leben.

*

Jensen duschte, zog sich für den Abend um und machte sich auf den kurzen Weg zu seiner Verabredung mit Grete.

In seiner Kindheit hatte es in dem Tausend-Seelen-Ort vier Kaufmannsläden gegeben – jeden mit seiner eigenen Stammkundschaft: den unabhängigen OCEKA-Kaufmann am Stenvej für die Bürgerschaft; ›Brugsen‹, den lokalen Konsum an der Hauptstraße für die arbeitende Klasse; den deutschen Kaufmann Müller mit eigenen Mobil-Zapfsäulen vor der Tür; den alten Møller in seinem Hökerladen. Dazu einen Schlachter und einen Bäcker.

Heute gab es keine Läden mehr. Zum Einkaufen brauchte man ein Auto.

Jensen fuhr die vier Kilometer zu dem nahe gelegenen Einkaufszentrum Ulsnæs, einem einstöckigen Backsteinkomplex mit Supermärkten, Apotheke und verschiedenen anderen Geschäften. Er parkte auf dem großzügigen Parkplatz und ging ins Føtex, wo er einen Blumenstrauß an der Kasse und eine Flasche Cava als Mitbringsel für Grete fand.

Als er sich mit seinem Einkauf wieder ins Auto setzte, fiel ihm ein BMW auf, der Ottos zum Verwechseln ähnelte. Und es auch war.

Aus langjähriger Gewohnheit hatte er sich am Tatort Ottos Nummernschild eingeprägt. Die Anfangsbuchstaben CK erinnerten ihn an die Luxusmarke Calvin Klein. Luxusauto und Luxusmann – das passte wie die Faust aufs Auge.

Jensen runzelte die Stirn. Kurz zuvor hatte Otto doch noch betont, wie schnell er gerne wieder in Sønderborg sei.

Ein weiteres Auto stach noch von den anderen, bescheideneren, auf dem Parkplatz heraus: ein großräumiger schwarzer Mercedes. Trotz der getönten Scheiben sah Jensen deutlich zwei Personen auf den Vordersitzen. Die Silhouette am Steuer war schwer und massig, die auf dem Beifahrersitz schmal und kantig. Jensen erkannte Ottos Profil.

Nach ihrer temperamentvollen Gestik zu urteilen, diskutierten die beiden Männer angeregt. Da sie ihn anscheinend nicht bemerkt hatten, gab er sich auch nicht zu erkennen. Otto musste nicht wissen, dass Jensen ihn beobachtete. Stattdessen merkte er sich das Nummernschild des Mercedes.

Auch Grete brauchte nichts zu wissen. Er freute sich darauf, mit ihr zusammen zu sein, und die kleinen Meinungsverschiedenheiten wegen Gregers Neffen sollten ihren Abend nicht verderben.

Erst als er vor der Gartenpforte stand, ging ihm auf, dass sie im selben Haus wohnte, in dem Berit damals ihren Geburtstag mit den Sweet-Platten gefeiert hatte. Es war ein rotes Backsteinhaus mit hohem Giebel, aber kleiner als in seiner Erinnerung. Der Garten war hübsch gepflegt, mit seinem Jasmin und Stockrosen in ländlicher Idylle.

Grete hatte ein luftiges Sommerkleid und ein diskretes Make-up gewählt. Die Schmetterlinge in Jensens Bauch flatterten, als sie ihn zum Willkommen umarmte.

Offenbar las sie auch gleich seine Gedanken.

»Kurt und ich kauften das Haus von Berits Eltern, als sie umzogen.«

»Kurt?«

»Mein Mann.« Sie lachte über seinen verwirrten Ausdruck. »Hast du nicht gewusst, dass ich verheiratet war?«

Natürlich wusste er das auch wieder – nach einigem Nachdenken. In seiner langen Ehe musste er viel verdrängt haben, aber hier, auf Gretes Flur, begannen einige Details wieder zu dämmern.

»Ich wollte dich eigentlich schon damals zur Hochzeit einladen.« Grete lachte über sich selbst. »Aber das hätte sich dann doch nicht gehört. Immerhin warst du der einzige Junge, den ich in unserer gemeinsamen Schulzeit geküsst hatte.«

Unwillkürlich fasste er sich ans Gesicht. »Warst du das?«

»Das hast du doch gewusst.«

Die Trauer über den tödlichen Brand, die Grete Inge gegenüber gezeigt hatte, war Jensen noch in frischer Erinnerung. Deshalb nahm er dankbar das kleine Zwinkern wahr, das sich nun doch in ihren Augen zeigte. Natürlich hatte er gewusst, von wem er damals geküsst worden war – zum ersten und einzigen Mal in seiner Schulzeit.

»Nun steh doch nicht so da. Komm rein!«

Sie strahlte über die Geschenke, auch wenn der Jasmin in ihrem eigenen Garten besser duftete als sein mitgebrachter Blumenstrauß, und ihr eigener Cava aus dem Kühlschrank kühler war.

Sie platzierte ihn an einem stabilen Gartentisch und schenkte ihnen ein. Der Tisch war mit einem Tischtuch, zwei Tellern und Salat gedeckt. Sie holte eine Schale Austern aus der Küche.

»Einige Häppchen, während der Braten sich noch setzt.«

Sie aßen und tranken, und bald verschwanden die Schmetterlinge bei Jensen. Die Erinnerungen an die gemeinsame Schulzeit lebten auf, und durch den Cava unterhielten sie sich, als wären sie niemals getrennt gewesen.

Kurt war vor zehn Jahren gestorben, was Jensen leidtat, ihn aber vor der misstrauischen Überwachung durch einen Ex bewahrte.

Grete hatte keine Kinder, erzählte aber von ihrem Friseursalon und war eindeutig stolz auf ihr Dasein als selbstständige Gewerbetreibende. Das verstand er sehr gut. Er hatte nie erlebt, Herr im eigenen Betrieb zu sein. Nach jeder Beförderung tauchten immer nur neue Vorgesetzte auf, und die Polizeireformen hatten ihnen allen das Leben nur noch komplizierter gemacht.

Einerseits war viel Zeit vergangen, seit sie in eine Klasse gingen, andererseits kam es ihm vor wie gestern. Jensens Augen suchten das Kellerfenster, hinter dem die Musik damals gespielt hatte.

Grete folgte seinem Blick.

»Damals löschte Gregers das Licht aus.«

»Plötzlich haben alle getanzt.«

»Stehblues. Außer dir.«

Da hatte sie recht. Er selber war nicht richtig aus den Startlöchern gekommen. Bis ein Paar warme Hände ihn auf die Tanzfläche zogen.

»Erinnerst du dich an das Lied?« Sie lachte: »*I'd Love You to Want Me*.«

»Weltberühmt durch Den Kommissar.«

Danmarks Radio hatte damals nur ein Fernsehprogramm ausgestrahlt, was die deutschen TV-Krimis auch im dänischen Grenzland oft zu Straßenfegern gemacht hatte. Jensen lachte. »Irgendwie schien mir der Titel immer verdreht. Hätte er nicht heißen müssen: *I'd Want You to Love Me*?«

»Du warst schon damals immer sehr nachdenklich, glaube ich.« Sie zwinkerte ihm zu. »Oder sollte ich sagen ›langsam‹?«

»Langsam?«

»Zu mehr ist das damals ja nicht gekommen, bevor Berits Eltern angestürmt kamen und das Licht wieder anmachten. Wer weiß, was sonst aus uns beiden unsicheren jungen Menschen geworden wäre.«

Unsicheren, ja; da hatte sie recht. Tagelang hatte er auf einer rosaroten Wolke geschwebt, aber jedes Mal, wenn er sie ansprechen wollte, verließ ihn der Mut. Viel später, nach seiner Heirat, hatte er das Erlebnis als jugendlichen Unsinn abgetan.

Jetzt gluckste er bei den Erinnerungen. »Weißt du noch, was Gregers sagte, als die Alten ihn ausschimpften?«

Grete lachte. »Er behauptete, irgendwo müsse ein Kurzschluss sein.«

Unversehens brachte das Stichwort sie wieder in die Gegenwart zurück. Die gute Laune erhielt einen Dämpfer.

Nach dem Hauptgang stellte Grete das Geschirr zusammen. »Jetzt kommt der Nachtisch.«

»Dafür ist doch gar kein Platz mehr.«

Endlich lachte sie wieder, als er sich theatralisch den Bauch rieb.

»Unsinn. Wozu hast du denn deinen Dessertmagen?«

Die Erdbeeren aus Gretes Garten waren so frisch und saftig, dass er tatsächlich nicht widerstehen konnte. Und dann noch mit Zucker und eiskalter Sahne dazu. Vor lauter Begeisterung hätte er fast geschmatzt, aber trotz seiner Komplimente war sie immer noch ernst.

»Gregers war für einen Platz im Hospiz vorgemerkt«, sagte sie, »und hätte schon längst dahingehört. Ich mache mir solche Vorwürfe, ihn überhaupt in seinem Haus allein gelassen zu haben.«

»Kam da nicht auch andere Hilfe?«

»Schon. Die Krankenschwester dreimal täglich und darüber hinaus die Pflegerin, aber jetzt nach dem Feuer ...« Der Schatten legte sich wieder über ihre Augen. »Vorgestern hat er schon verschlafen, als ich seinen Rauchmelder testete, so starke Tabletten nahm er wegen seiner Schmerzen.«

»Du hast alles Erdenkliche für ihn getan«, versuchte Jensen zu trösten.

»Leider immer noch zu wenig.« Grete seufzte. »Wenn du mir nachweisen kannst, dass jemand das Haus absichtlich angezündet hat, werde ich deine weitere Nachforschung unterstützen.«

Die Dämmerung senkte sich über ihren Garten, aber die Luft war noch immer lau. Die Kerzen auf dem Tisch flackerten, und als sich ihre Blicke trafen, wusste er, worum es ging.

Jetzt oder nie. Um Gretes Gunst zu erlangen, musste ihm das Experiment gelingen. Deshalb griff er mit einigem Lampenfieber in seine Einkaufstasche. Ein Fiasko traute er sich nicht vorzustellen.

Außer dem Verlängerungskabel und der Zange aus Gregers' Werkstatt hatte er noch ein Päckchen Pflaster aus dem Verbandskasten seines Autos mitgebracht.

Grete folgte seinen Vorbereitungen skeptisch. Was er da machte, empfahl sich natürlich kaum zur Nachahmung, aber ungewöhnliche Situationen verlangten eben ungewöhnliche Lösungen.

Um die Schäden an Gregers' maroder Leitung aus dem Kontor nachzuahmen, kratzte er die Isolierung zwischen den beiden Kupferdrähten der mitgebrachten Leitung weg und deckte die bloßen Stellen mit Pflaster ab.

»Das sieht mir gefährlich aus«, sagte sie.

»Nur, wenn man unvorsichtig wird.« Er ging in den Flur hinaus, wo er vorher schon den Elektrokasten mit dem Relais entdeckt hatte, und untersuchte die Sicherungen. »Am liebsten wäre mir eine Steckdose vor dem Haus.«

»Gleich neben der Terrassentür. Die ist nur nicht intakt. Gregers hatte mir versprochen, sie zu reparieren, aber dann wurde er krank.«

Der Flur hatte einen Parkettfußboden. In der Stube lagen Teppiche. Alles brennbares Material.

»Wie sieht es im Keller aus?« fragte er.

*

Jensen erinnerte sich noch genau an den Partyraum, wo Grete ihn in ihrer Jugend geküsst hatte, aber der Raum war mit Linoleum ausgelegt, sodass er den Waschkeller mit Zementboden wählte.

»Also dein Experiment ist mir nicht ganz geheuer«, sagte sie, als er die Verlängerungsleitung in eine Steckdose an der Tür steckte.

Er spürte ihre Aufregung bis in die Magengrube, als er den Strom einschaltete. Aber kein Funke sprang. Das Pflaster isolierte die Kupferdrähte.

»Da geschieht wohl nicht viel.«

Grete wirkte gleichermaßen erleichtert und enttäuscht.

»Gleich wird es kommen.« Das hoffte er jedenfalls. Jensen nahm sein Feuerzeug aus der Tasche, zündete es an und hielt die Flamme unter das Pflaster.

Im Gegensatz zu der originalen brandsicheren Isolierung fing das Pflaster schnell Feuer. Es begann zu sieden und zu rußen. Grete hielt sich die Nase zu.

Der Strom im Haus war noch intakt. Er wollte schon das Experiment beenden, als es dann doch in der Leitung knisterte. Ein Funke sprang zwischen den Kupferdrähten. Puff!, machte es, und das Licht ging aus.

Der Brand hatte den versprochenen Kurzschluss ausgelöst. Jensen stierte in die Flamme, ganz benommen von seinem plötzlichen Erfolg. So überzeugend hatte er sich den Verlauf des Experiments dann auch wieder nicht vorgestellt.

»Hallo!« Grete stieß ihm an den Arm. »Einsnull für dich. Der Kurzschluss könnte tatsächlich das Ergebnis einer Brandstiftung gewesen sein. Das hast du jetzt bewiesen. Oder?«

»Was? Ja ...« Er war sprachlos. Bis ein stechender Schmerz ihn aufzucken ließ. »Au!«

Angeschmolzenes Pflaster war ihm auf die Hand getropft. Er hatte die Leitung wie eine Fackel hochgehalten.

Jetzt ließ er sie vor Schreck fallen und trat schnell die Flamme auf dem Boden aus. In dem schwachen Abendlicht vom Fenster blieb nur ein schwarzer Fleck zurück.

»Na, jetzt verstehe ich, worum es dir ging.« Im Halblicht spürte er Gretes Atem am Ohr. Ihre Lippen streiften seine Wange. »Das hattest du dir schön ausgedacht, mich in den dunklen Keller zu locken«, flüsterte sie. »Eine listige Reprise zu Berits Geburtstag?«

»Bestimmt nicht.«

Vor lauter Verlegenheit lief er schnell die Treppe zu den Sicherungen hoch. Größerer Schaden war wohl nicht entstanden. Nur das Relais war herausgesprungen. Der Strom kam schnell zurück, als er den Knopf wieder eindrückte.

»Ich habe dich doch nur necken wollen.« Grete streckte den Arm nach ihm aus, als er sich bei Licht wieder zu ihr gesellte. »Ich unterstelle dir keine unlauteren Absichten.«

»Das war mir schon klar,« behauptete Jensen, hielt aber lieber Abstand, solange sein Herz noch heftig schlug. Er sammelte die verkohlte Leitung auf. Der Geruch von verbranntem Gummi hing in der Luft.

»Und deinen Erfolg feiern. Das wollte ich auch. Ich hoffe, du nimmst mir das nicht krumm.«

»Bestimmt nicht.« Er sah sich im Keller um. »Aber wenn du mir einen Schrubber leihst, mache ich hier besser sauber.«

»Das mache ich morgen,« sagte sie. »Komm, lass uns wieder in den Garten gehen. Viel wichtiger ist doch jetzt, was wir mit unserem Durchbruch anfangen.«

Kapitel 4

Gretes Blick war unergründlich, als sie sich wieder an den Gartentisch setzten. »Du wirst dir Gedanken machen, was für ein Mensch ich eigentlich bin. Heute Morgen habe ich meinen Verlobten verloren, und jetzt mache ich schon Spaß?«

»Das Adrenalin, denke ich?« Jensen nahm das letzte halbe Glas Cava entgegen, das sie der Flasche noch entlockt hatte. »Der Kurzschluss hat uns beide erschreckt.«

Sie betrachtete die Perlen, die in ihrem Glas aufstiegen.

»Was Gregers betrifft, wandere ich auf einem schmalen Grat. Nach außen bildeten wir ein Paar, wenn auch ein sehr ungleiches.«

Er ließ ihr Zeit.

»Zynisch betrachtet war ich seine Hilfskrankenschwester«, sagte sie. »Mehr ist nie zwischen uns gewesen.«

»Er muss große Stücke auf dich gehalten haben.«

»Du denkst an sein Erbe?« Gretes Blick wurde wachsam. »Ich bin da immer tiefer reingerutscht, bevor ich mich freimachen konnte. Er vertraute sonst keinem. Nur seiner Friseurin anscheinend.«

»Dir also.«

Sie zog eine Schnute. »Deshalb hatte ich dich ja eingeladen. Als Mittler sozusagen. Weil mir das alles über den Kopf wuchs.«

Er nickte. Das hatte er schon verstanden.

»Hoffentlich wachse ich jetzt nicht dir über den Kopf.« Grete seufzte. »Ich habe mich vorher natürlich informiert. Ich weiß, dass du selbst voriges Jahr Witwer geworden bist. Sonst hätte ich mir das nie erlaubt.«

»Informiert?«

»Über das Facebook-Profil deiner Tochter«, sagte sie ohne Umschweife.

»So macht man das wohl heute.«

»Du hast ja keins.«

Als Polizist hielt er sich im öffentlichen Raum lieber bedeckt. Anders als Christine, die ihr Leben im Geist der Zeit gerne zur Schau stellte.

»Ich habe auch Bilder von dir gesehen. Christine schreibt, wie sehr ihr noch immer alle deine Lise vermisst.« Grete sah ihn an. »Du wirst so still. Bin ich dir zu nahe getreten?«

In gewisser Weise ja. Trotzdem fühlte er sich merkwürdig leicht ums Herz. Oder gerade deswegen.

»Ich habe das auch alles erlebt. Ich weiß, wie sich das anfühlt, wenn man plötzlich alleine steht. Nach Kurts Tod wusste ich nicht, wie ich weitermachen konnte.« Grete kniff die Lippen zusammen. »Aber das Leben ging weiter. Glaub mir. Mit der Zeit kommt man darüber hinweg.«

Er nickte. Er war jetzt schon ein gutes Stück weiter als noch vor 24 Stunden.

»Was ich dir jetzt sage, darfst du nie jemandem verraten«, sagte Grete. »Man würde das schnell missverstehen, aber was das Erbe betrifft, bin ich fast erleichtert darüber, dass die Hochzeit ausgefallen ist.«

»Das reicht wohl als Tatmotiv nicht aus.«

»Ich bin jetzt nur ganz ehrlich mit dir. Gregers wurden die letzten Qualen erspart. Am Ende war es für keinen von uns mehr auszuhalten. Verstehst du, warum ich das sonst niemandem sagen kann?«

Zumindest glaubte er zu verstehen. »Man könnte dich für herzlos halten.«

»Ja.« Während sie sich ihm anvertraute, hatte Grete sich über den Tisch vorgebeugt. Jetzt zog sie sich zurück. »Aber ein fürchterliches Verbrechen war es trotzdem, wenn es denn eins war, und mein Wort halte ich. Auch wenn ich nicht ganz weiß, worauf ich mich da einlasse. Wenn du meinst, einen Täter ausfindig machen zu können, helfe ich dir.«

Jensen kratzte sich hinterm Ohr. »Vielleicht sollten wir uns einfach mal in der Gegend umsehen. Und umhören. Jemand aus Gretes Nachbarschaft könnte in der Nacht ja etwas aufgefallen sein.«

»Abgemacht. Gleich morgen?«

»Ins Abenteuer.« Jensen erhob sich. »Herzlichen Dank für einen schönen Abend.«

»Gehst du schon?«

»Es war schön bei dir«, sagte er von ganzem Herzen, »aber der Tag war lang.«

Nach dem langen Abend gab es da auch noch einiges, das er noch sacken lassen musste. Vor der Tür blieben sie noch etwas beisammen stehen, bis er sich endlich den letzten Ruck gab.

»Gute Nacht.«

Sie umarmte ihn ein letztes Mal. »Und schlaf schön.«

*

Viel Schlaf fand er nicht, während der Himmel über dem Balkon nie ganz dunkel wurde. Sein Verhältnis zu Lise war freundschaftlich gewesen, auch zärtlich, aber vor allem von einem gegenseitigen Respekt geprägt, der über ihren Tod hinaus andauerte. Daran hatte ihn das Bild auf dem Nachttisch erinnert, als er in seine Pension zurückkehrt war. Immer wieder durchkreuzte der Abend bei Grete jedoch seine Gedanken an Lise.

Trotzdem erwachte er frisch und voller Tatendrang, als die Sonne durch die Gardinen schien. Die Vögel sangen. Am liebsten hätte er im Bad auch gesungen, beschränkte sich aber mit Rücksicht auf die anderen Gäste im Haus auf ein leichtes Summen.

Am Frühstücksbuffet zahlte sich seine Rücksicht aus, als ihm die besagten Gäste freundlich zunickten. Das Buffet stand in dem kleinen Speiseraum, reichlich bestückt mit Kaffee, Tee und Brötchen, frischem Obst, Bacon und Eiern und Fruchtsäften. Eine Schale Haferkörner stand auch da, die man mithilfe einer kleinen Handmühle zu Haferflocken walzen konnte. Jensen bediente sich und fand einen schattigen Tisch im Schatten einer Buche.

Bei dem schönen Wetter hatte Inge auf der Terrasse eingedeckt, wo zwei Amseln sich melodisch duellierten.

Inge ging zwischen den Tischen umher, um sich nach dem Wohlbefinden ihrer Gäste zu erkundigen, sprachgewandt auf Dänisch, Deutsch und Norwegisch.

»Dabei nehme ich nicht an, dass du hungrig von deinem Abend bei Grete heimgekehrt bist«, sagte sie, als er sie wegen des Buffets lobte.

»Sie ist eine wunderbare Köchin«, murmelte Jensen.

»Und noch viel mehr als das.« Inge blinzelte ihm zu, als sie noch Kaffee nachschenkte. »Da haben wir sie ja!«

Jensen wusste nicht, weshalb er wieder errötete, als plötzlich Grete an der Rezeption vorbei in den Garten kam. Wie ein Teenager saß er da. Vergessen alle lockeren Sprüche, die er sich im Laufe der Nacht ausgedacht hatte.

Grete war hübscher als je zuvor in einem Sommerkleid und sichtlich bereit für das gemeinsame Abenteuer. Sie duftete nach dem Parfüm, das er von der Einladung kannte. Ihre Lippen hatte sie mit einem dezenten Lippenstift nachgezogen.

»Was für ein anregender Abend mit Ihnen, Herr Kommissar.«

Sie gab ihm eine morgendliche Umarmung.

Inge bot ihr auch Kaffee an, aber Grete legte dankend ab. »Ich setze mich nur kurz. Jens Peter macht gleich einen Ausflug mit mir.«

»Wo wir jetzt wissen, dass der Brand gelegt sein könnte, müssen wir *nur* noch Zeugen finden, die gesehen haben, wie es der Täter gemacht hat.« Sie verstand es, ihre Bemerkungen mit einem gewissen Unterton zu versehen.

Die Aufgabe würde sicherlich schwierig genug werden.

»Einen Ausflug?«

»Erste Anlaufstation Klavs und Mathilde.«

»Gregers' alte Nachbarn? Leben die noch?«

»Unkraut vergeht nicht. Ich habe uns schon angemeldet. In einer Stunde.«

Grete machte Nägel mit Köpfen. Das musste er ihr lassen.

Er sah auf die Uhr. »Und bis dahin?«

»Dachte ich, wir gehen in meinen Salon.«

*

Sie liefen mit der Sonne im Rücken den Gehweg an der Hauptstraße entlang. Der Wochenendverkehr Richtung Grenze hatte schon eingesetzt. Teils war der Samstag Umzugstag, teils benutzten viele Ortsansässige das beginnende Wochenende zu einer Einkaufsfahrt über die Grenze, wo die meisten Lebensmittel um einiges billiger zu haben waren. Vor allem Bier und Sprudel.

Gretes Salon lag kaum hundert Meter von Inges Bed & Breakfast entfernt auf der anderen Straßenseite. ›Gretes Mähdrescher‹ stand in schillerndem Gold über der Tür. Darunter: ›Dein Haar – meine Hauptsache‹.

In dem sauber geputzten Schaufenster hingen Werbeposter verschiedener Haarpflegemarken, auf denen lockige Modelle ihre Haarpracht in den Wind hielten. Die entsprechenden Shampoos und Conditioner waren auf einem Regal zum Kauf ausgestellt. Sobald Grete ihm die Tür öffnete, schnupperte Jensen diesen speziellen Duft ein, der ihm entgegenströmte.

»Ist was?«, fragte sie.

»Dein Shampoo. Der Duft. Ich komme nicht auf den Namen.«

»Malve.« Sie schüttelte ihr Haar. »Gefällt es dir?«

Alles an ihr gefiel ihm. »Sehr!«

Er hätte gerne noch ein passendes Kompliment hinzugefügt. Über den Laden zum Beispiel, der hell und luftig wirkte mit seinem blanken Parkettboden und den weißen Wänden. An der ebenfalls weiß gestrichenen Decke bildeten tausend LED-Lampen ein rechteckiges Muster. Über den Spiegeln hingen zusätzlich Halogenspots. Zwei Rollhocker standen bereit, ein Arbeitswagen und zwei Trockenhauben. In einer der hinteren Ecken stand eine Theke mit Kasse, im Wartebereich am Fenster lagen Zeitschriften aus. Die fünf Schneideplätze vor den großen Spiegeln waren noch nicht besetzt.

»Ich bin überwältigt«, fiel ihm nur ein, als ihm vom Vorhang hinter der Theke eine Frau unbestimmbaren Alters entgegenkam. Ihre Augen phosphoreszierten, die kohlschwarzen Haare mussten gefärbt sein.

»Halli, Hallodenmantel. Da haben wir ja das Prachtstückwerk.« Ein Brillant glitzerte an ihrer Nase. »Jens Peter Jensen, entnehme ich an.«

»Das ist Gurli, meine Assistentin«, stellte Grete vor.

Gurli war vielleicht jünger, als er zunächst angenommen hatte, trotz des etwas zerknitterten Gesichts. Sie war schlank und trug einen schwarzen Pulli. »Jetzt verstehe ich, warum Grete seit Kurzem so außer Rand und Bandbreite ist.«

Grete außer Rand und Band? Seinetwegen? Jensen wusste vor Verlegenheit nicht, wohin mit sich.

Gurli fasste ihm ans Stirnhaar, mit dem er den kahlen Fleck immer so kunstvoll kaschierte. »Du hast Rechteck«, sagte sie über die Schulter zu Grete. »Die Schmalzlocke stört. Wir gehen ihr besser gleich ans Lebenswerk.«

»Schmalzlocke?« Jensen erhaschte einen Blick auf sich in den großen Spiegeln an der Rückwand. Er hatte sich nach dem Bad doch so sorgfältig rasiert und frisiert.

Zur Abwechslung war es an Grete, sich zu räuspern. »Ist schon gut, Gurli. Jetzt nicht.«

»Wanne denn sonst?« Ihre Assistentin hatte schon einen Umhang vom Halter hinter der Kasse gerissen und schwang ihn Jensen um die Schultern.

Sie wies Jensen einen der ledigen Schneideplätze zu. »Du willst doch bestimmt auf Grete den bestmöglichen Eindruck Machenschaften?«

»Ich –« Der Umhang schnitt ihm die Luft ab. Er klemmte sich einen Finger unter den Kragen. »Ein James Bond wird wohl nicht mehr aus mir werden.«

»Mads Mikkelsen wäre doch schon ein Anfang.« Gurli kämmte ihm die Haare erst nach links, dann nach rechts.

Ihre Schere legte sich um seine Stirnhaare. Die Klingen glitzerten unter dem Halogenspot. Ihre Augen glitzerten im Spiegel.

Er wollte erst protestieren, da er gerade eben erst beim Friseur gewesen war, dann aber fand er, dass Magnussen ihm die Haare doch wieder zu lang gelassen hatte. Sollte sie sie ihm doch kürzer schneiden. Schaden konnte es nicht.

»Schluss jetzt, Gurli. Ich hatte Jens Peter einen guten Eindruck von unserem Salon geben wollen, aber an dir ist wohl Hopfen und Malzbier verloren.«

Gurli drehte das Wasser wieder aus. »Ist schon Gutshof. Wir machen doch nur Spaßvogel. Oder?« Sie stieß ihm den Ellenbogen in die Rippen.

»Ja. Ha Ha ... Hammerschlag.«

»Respekt, Grete. Der hat den Bogen schon Rauswurf.«

»Aber du.« Gurli nahm einen Kugelschreiber von der Theke, mit dem sie den bereitliegenden Notizblock bekritzelte. Sie riss die Seite heraus und flüsterte Jensen aus dem Mundwinkel zu. »Wenn du Grete wirklich willst, würde ich den Mads Mikkelsen ernsthaft ins Augenmerk fassen.«

Auf dem Zettel stand eine Telefonnummer.

»Mehrwertsteuerfreitag nach Feierabend. Aber Vorsicht!« Gurli schloss seine Hand um die Seite.

Sie zwinkerte Grete zu. »Die Chefin braucht davon nichts zu Wissenschaften.«

An all ihre Spielereien musste man sich erst mal gewöhnen. Jensen wusste nicht wohin mit der Telefonnummer.

Zum Glück ging die Tür mit einem Läuten der Glocke auf, und eine Kundin trat ein. »Mojn?«

»Mojn, Rebecca«, sagten Grete und Gurli unisono.

»Grete, mein Beileid.« Die Kundin gab Grete formell die Hand. »Ich hatte dich hier gar nicht erwartet nach dem schrecklichen Unfall.«

»Ich gehe auch gleich wieder. Gurli schmeißt heute den Laden alleine.«

Die Kundin fasste Jensen ins Auge. »Du bist du doch Jens Peter, oder? Erling hat neulich von dir erzählt, als er die alten Fußballbilder sortierte.«

»Erling Dinesen? Von Rinkenis UIF?« Erling war Torwart in der Jugendmannschaft gewesen.

»Bist du für länger hier? Dann komm ihn doch besuchen.«

»Hat er noch den Hof?«

»Wir haben den Hof.« Sie konnte ihren Stolz kaum verbergen. »Zwanzigtausend Ferkel im Jahr. Wir bereiten schon langsam vor, dass unser Ältester ihn übernehmen kann.« Sie wurde wieder ernster. »Grete. Wenn wir irgendetwas für dich tun können ...?«

»Danke, Rebecca. Ich weiß das zu schätzen.

»Es war doch ein Unfall, wie es in der Zeitung steht?«

Grete zögerte nur den Bruchteil einer Sekunde, ehe sie energisch nickte. »Ein bedauerlicher Unfall.«

*

»Lass dich von Gurli nicht ins Boxhorn jagen,« sagte Grete. »Wir würden niemals einem Kunden gegen seinen Willen die Haare abschneiden. Alles andere wäre ein Übergriff gemäß Paragraf 244 des Gesetzbuches.«

Das Gesetzbuch spielte keine Rolle. Während Grete Gurlis Schabernack freien Lauf gelassen hatte, waren Jensen nur ernsthafte Zweifel an ihrem Wesen gekommen. Der gestrige Abend war doch so einfühlsam gewesen. Er kannte sich zu gut. Grete zuliebe hätte er sich tatsächlich die Haare schneiden lassen. Dass sie ihn nicht dazu genötigt hatte, machte sie in seinen Augen allerdings viel kostbarer.

Jetzt spielte der Fahrtwind mit einer Strähne ihres langen Haares, als Grete routiniert die Hügel nach Dalsgård hinunterfuhr. Sie hatte darauf bestanden, mit ihrem Fiat zu fahren, und sah mit der dunklen Sonnenbrille umwerfend aus.

»Gurli ist Profi bis in die Fingerspitzen. Ich hätte ihr heute ohnehin den Laden überlassen.«

Wenn auch aus anderen Gründen. Jensen klappte die Sonnenblende herunter, um sich im Schminkspiegel zu betrachten. Im Grunde hatte Gurli nur das machen wollen, worum vor der Abfahrt aus Aarhus schon seinen Friseur Magnussen hätte bitten wollen.

Grete stieß ihn von der Seite an. »Stehen würde dir eine andere Frisur schon.«

Dass sie sich überhaupt Gedanken darüber machte, schmeichelte ihm. Jensen räusperte sich. »Sprecht ihr immer so kreativ miteinander?«

»Oh, Jahresmarkt. Man hat doch nur den Spaß, den man selber Machthaber.« Sie lachte. »Gurli kann das besser als ich. Aber pass auf. Wir sind schon fast am Ziel.«

Vor einem niedrigen Haus in der letzten Kurve vor dem Strand hielt sie an. »Dann wollen wir mal sehen, ob Klavs und Mathilde uns weiterhelfen können.«

Klavs und Mathilde waren Gregers' nächste Nachbarn, obgleich der Begriff auf dem Lande eine andere Bedeutung hatte als in Jensens Villengegend in der Großstadt. Fast hundert Meter lagen zwischen ihrem Abnahmehaus am Rande eines Kornfeldes und Gregers' Fischerhaus am Strand.

Allerdings lag das Haus strategisch günstig in der Kurve, von wo aus man eine gute Sicht über den Weg hatte. Niemand hätte Gregers besuchen können, ohne an Klavs und Mathilde vorbeizukommen.

Grete trat einfach ein und ging über den Flur zur Stubentür, die sie anklopfend öffnete. So hatte man das auch in seiner Kindheit gemacht, wusste Jensen noch. Niemand in Rinkenæs schloss damals die Haustür ab, und so hielten Klavs und Mathilde es anscheinend noch heute.

Selbst eine wechselvolle Welt hatte es nicht vermocht, das Vertrauen des alten Paares in die Menschheit zu zerstören. Sie hielten an ihrer alten Gastfreundschaft fest.

Klavs' Gesicht war schon immer faltig gewesen. Jetzt saß er krumm gebeugt am Fenster. Sein Spazierstock lehnte gegen die Fensterbank. Die harte Arbeit hatte ihre Spuren hinterlassen. Seine wettergegerbte Haut spannte sich wie Leder um seinen kahlen Schädel. Wie alt mochte er sein? Jensen rechnete nach. Etwa der gleiche Jahrgang wie sein Vater, der bald 94 geworden wäre.

»Kommt rein, kommt rein«, rief er laut. »Grete ist da«, rief er noch lauter durchs Haus.

In der Stube roch es ein wenig muffig. Und noch mehr nach Pfeifentabak. Darein mischte sich jetzt der Duft von Kaffee und Kuchen, als sich die Küchentür öffnete und eine urgroßmütterliche Gestalt mit einem Tablett in der Hand hereinkam.

»Weshalb rufst du so laut?«, rief Mathilde laut. »Oh, Grete!«

»Und sie bringt Maschinen-Jensens Jungen mit«, rief Klavs.

»Dein Vater war ein guter Mann. Immer reell. Als er seine Maschinenstation gründete, habe ich meinen ersten Traktor bei ihm gekauft. Ja, ich erinnere mich noch gut.

Einen grauen Massey Ferguson. Das klassische Modell, nie tot zu kriegen.«

Klavs schüttelte den kahlen Kopf. »Wo gibt es die heute noch?«

Die alte Zeit lebte wieder auf. Jensen lächelte.

»Ihr Jungen wart immer unterwegs. Ich weiß noch, wie du auf dem Fahrrad angekommen bist, wenn du Gregers besucht hast. Schade, dass er so ein tragisches Ende finden musste.« Klavs machte eine ernste Miene über das Schicksal seines Nachbarn, ohne indes erschüttert zu wirken. Er hatte in seinem Leben sicherlich schon viele Todesfälle erlebt.

»Lass doch den jungen Mann mit deinem Gerede in Ruhe.« Die Runzeln seiner gleichaltrigen Frau zog eine dickere Polsterung glatt. »Der Kaffee steht auf dem Tisch.«

Mathilde bestand darauf, ihren Gästen selbst den Kaffee in die blau-weißen Tassen einzuschenken. Für die Teller in gleicher Farbe reichte sie selbst gebackenen Kuchen.

»Für den großen Kaffeetisch hast du mir zu wenig Zeit gelassen«, sagte sie Grete. »Ihr müsst euch mit dem begnügen, was ich bei der Hand hatte.«

»Kein Problem«, sagte Jensen schnell.

Ein Problem wäre der große südjütische Kaffeetisch mit seinen ›mindestens 21 Sorten‹ gewesen, die die Etikette vorschrieb. Erst sieben weiche Sorten, dann sieben knusprige, am Ende sieben Torten.

»Ihr müsst euch mit sieben Sorten begnügen.«

»Oh!« Jensen hielt sich den Bauch, aber Grete warf ihm einen unmissverständlichen Blick zu. Auch wer kurz zuvor gefrühstückt hatte, lehnte hier keinen Kuchen ab. Man war in Sønderjylland.

Jensen seufzte. ›Folge den Gepflogenheiten, oder verlasse das Land‹, hieß das örtliche Sprichwort.

Mathilde überwachte mit Argusaugen, dass er sich zunächst einen dick mit Butter bestrichenen Boller, die weiche Variante eines Brötchens, auflud und danach je mindestens einen Kringel, eine Scheibe der Schokoladenroulade namens *Bismarckseiche*, *Alsischen Nusszwieback* und einen frittierten *Krummen Jungen*. Außerdem half sie noch mit zwei *Fettplätzchen* nach – einem butterblassen und einem schokoladenbraunen und legte noch eine *Bagatelle* aus Blätterteig und Schlagsahne nach. Damit er nachher ja nicht, wie sie meinte, hungrig vom Tisch gehen müsse.

Die Wanduhr tickte, während die zwei Alten auch noch ihre Vanillekränzchen erst in den Kaffee tunkten und dann lange daran kauten.

»Ich möchte mich ganz herzlich für euren Beistand bedanken, als es Gregers immer schlechter ging«, sagte Grete. Endlich hatte sich jeder durch seine Portion gekämpft.

»Mit einem Topf Suppe oder einem Kuchen macht man im Dorf nichts verkehrt«, sagte Mathilde.

Jensen enthielt sich eines Kommentars.

»Aber schlecht ging es ihm tatsächlich«, setzte Mathilde fort. »Am Ende mochte er gar nichts mehr essen.«

»Nein, es war furchtbar«, sagte ihr Mann, nahm seine kohlenschwarze Pfeife von der Kommode und setzte sich damit in einen Sessel am Fenster. Er begann, die Pfeife sorgfältig zu stopfen. »Keinen Appetit hatte er mehr.«

Mit dieser niederschmetternden Feststellung verschwand er in einer dichten Rauchwolke. Das Thema Gregers schien für ihn abgehandelt.

Normalerweise wäre Jensen zum Rauchen vor die Tür gegangen, wenn er dazu den Drang gehabt hätte, aber mit moderner Korrektheit kam er hier nicht weiter. Manchmal setzte ein guter Kontakt zu Zeugen Anpassung voraus, und in diesem Haus gingen die Uhren eben anders.

Deshalb folgte er Klavs' Beispiel, zog seinen eigenen Stuhl mit ans Fenster und nahm seine eigene Pfeife. Kurz darauf besiegelte der Tabakrauch eine Form altmodischer Zusammengehörigkeit.

Einen Augenblick lang vergaß er die althergebrachten Sitten, als Mathilde begann, den Tisch abzudecken, und er aufsprang, um ihr zu helfen. Aber davon wollte sie nichts wissen. Wie es sich für Mathilde gehörte, durfte nur Grete ihr zur Seite gehen. Jensen setzte sich wieder hin.

Vor dem Fenster winkelte sich die Straße. »Von hier aus hast du eine gute Aussicht«, sagte er nach einer Weile.

»Das stimmt.« Die runzeligen Augenwinkel zwinkerten. Klavs sog an seiner Pfeife. »Aber gestern sind keine verdächtigen Personen vorbeigekommen.«

Jensen konnte kaum seine Überraschung über die schnelle Antwort verbergen.

Der alte Mann lachte. »Madsens Enkel hat mich gestern das Gleiche gefragt. Er ist doch jetzt bei der Polizei. Ob ich bei Sonnenaufgang jemand auf dem Wege gesehen hätte. Aber leider nein.«

Er klopfte mit seinem Stock an die Fensterbank. »Ich war die ganze Nacht auf, weil ich wegen meines Ischias nicht schlafen konnte. Ich saß auf diesem Stuhl und schaute über die Felder, als die Sonne aufging. Niemand, der Gregers Böses wollte, kam vorbei. Das hätte ich gesehen. Das Feuer kam dann urplötzlich.«

*

Klavs winkte mit seinem Stock durch das Sprossenfenster. Mathilde trocknete sich in der Tür die Hände an ihrer Schürze ab.

Jensen setzte sich auf den Beifahrersitz, und Grete startete den Motor. »Puh, du riechst rauchig. Hast du zumindest neue Eindrücke gewonnen?«

»Bauchschmerzen.« So lecker Mathildes Kuchen auch waren, lagen sie ihm doch schwer im Magen.

»Daran wirst du dich gewöhnen müssen, wenn du dich in unserer Gegend umsehen willst.« Grete lachte noch, als sie den Gang einschaltete und weiter den Hügel hinab fuhr.

»Du warst lange mit Mathilde in der Küche zusammen.«

»Jemand musste doch aufräumen.«

Jensen hüstelte. »Hatte sie noch irgendetwas über das Feuer zu erzählen?«

»Nichts, das wir nicht schon wussten. Gregers hatte am Abend vor dem Feuer dreimal Besuch. Den Anfang habe ich selbst gemacht.«

»Dreimal an einem Abend?« So viel Besuch hatte Jensen manchmal die ganze Woche nicht.

»Gegen 20 Uhr bin ich nach Hause gefahren. Etwas später besuchten ihn Otto und Laura. Woraus Otto ja auch nie einen Hehl gemacht hat. Sie müssen noch Bitten, der Krankenschwester, bei Gregers begegnet sein.«

»Übernachtet hat keiner bei ihm?«

Grete schüttelte den Kopf. »Otto und Laura fuhren als Erste wieder ab.«

»In seinem BMW?«

Grete nickte. »Eine Weile später folgte Bitten ihnen in dem amtlichen Wagen mit dem Gemeindewappen an der Tür.«

Die Sonne ließ ihr Gesicht glühen. Jensen betrachtete es von der Seite. Grete verstand es, mit jedermann ins Gespräch zu kommen. Nicht von ungefähr war sie wohl Friseurin, hätte allerdings auch eine hervorragende Ermittlerin abgegeben.

»Otto und Laura saßen beide im BMW?«

Grete merkte gleich, worauf er abzielte. »Auf dem Rückweg haben sie noch kurz angehalten und sich mit Mathilde über den Patienten ausgetauscht.«

In der Tat schien keiner von ihnen sich also die Nacht über bei Gregers versteckt zu haben.

Vor dem abgebrannten Haus blieben sie im Auto sitzen, um sich die Situation durch den Kopf gehen zu lassen. Vor ihnen glitzerte die Flensburger Förde im klaren Tageslicht.

Plötzlich kam ihnen beiden die Erkenntnis. »Mathilde hat nur gesehen, wer auf dem *Weg* angekommen und wieder abgefahren ist ...«, sagte Grete.

»... aber nicht, wer von der *Wasserseite* kam«, vollendete Jensen.

Zwei Seelen, ein Gedanke.

»Wollen wir uns am Strand umsehen?«

»Zuerst noch mal am Haus.«

*

Das rot-weiße Band der Polizei sperrte immer noch das Grundstück ab.

»Wir haben uns doch inzwischen ein gewisses Gewohnheitsrecht geschaffen.« Jensen stieg über das Band und hob es dann für Grete so hoch, dass sie sich nur ein wenig darunterbücken musste.

Sie inspizierten den Garten und besahen die Mauern auf die gleiche Weise, wie es gestern schon die Techniker getan hatten. Ebenso wie sie fanden sie keine Spur von Brandstiftung. Keinen leeren Benzinkanister, keine Brandherde.

Auch keine Spur von Zeitzündern, dachte Jensen. Der Täter musste zur Tatzeit hier gewesen sein. Grete zeigte durch eines der Fenster. »Hier hatte er sein Schlafzimmer.«

Es war verhältnismäßig unbeschädigt, worauf der Polizist Madsen auch schon hingewiesen hatte. Das Bett stand in einer Ecke, als ob es keinen Brand gegeben hätte.

»Da hat der Rauchmelder gehangen.« Grete zeigte an die Decke. »Die Techniker haben ihn sicher mitgenommen.«

Ein blasser Fleck im Ruß hing noch als Schatten an der Decke.

»Selbst wenn Gregers ihn verschlief, müssten Klavs und Mathilde den Alarm doch eigentlich gehört haben?« Jensen streckte den Hals. Über die Hecke hinweg war ihr Haus in der Ferne noch gut zu sehen »Hat Mathilde dir gegenüber etwas davon erwähnt?«

»Aber Herr Kommissar!« Ein schelmischer Ton mischte sich in Gretes Stimme. »Hast du dich denn gar nicht gewundert, warum Klavs und Mathilde so laut miteinander sprechen?«

Er ließ die Schultern hängen.

»Die beiden sind stocktaub«, sagte sie. »Aber welchen Unterschied macht das jetzt?«

»Ich versuche mich nur in den Täter hineinzuversetzen. Du hast zwar gewusst, dass Gregers den Alarm nicht hört, aber wusste Otto das auch?«

Ihr Ausdruck verfinsterte sich. Dabei war ihm der Name nur so rausgerutscht.

»Wir sollten Madsen fragen, ob die Techniker den Rauchmelder schon untersucht haben«, sagte Jensen ganz neutral. Früher oder später würden sie den Kollegen ohnehin einbeziehen müssen.

»Nur bitte diskret.«

»Klar.« Einerseits irritierte ihn Gretes Loyalität gegenüber Gregers Neffen. Andererseits gereichte die Loyalität ihr natürlich zur Ehre.

Sie lächelte auch schon wieder.

*

Neu versöhnt gingen sie an den Strand, und als Grete beim Übersteigen der Felsblöcke ganz natürlich seine Hand fasste, war seine Welt wieder im Lot. Auf der friedlichen Förde zog eine motorisierte Jacht ihre Bahn. An Land schienen sie die einzigen lebendigen Menschen zu sein. Bis eine Stimme aus dem Nichts sie eines Besseren belehrte.

»Sehe ich da zwei, die sich gern mögen?«

Jensen trat schnell einen Schritt zurück.

Ein Mann in mittlerem Alter mit blauem Overall und Gummistiefeln lachte ihn gutmütig an: ein Fischer, der am Ufer seine Reusen wartete. Seine kleine Jolle lag an Land, während sein Fischkutter im tieferen Wasser vertäut war.

»Wir ermitteln den Brand.« Leicht verdattert stellte Jensen sich vor. »Ich kannte Gregers von früher. Und Grete war mit ihm verlobt.«

»Ich weiß.« Der Fischer nickte ihr zu. »Mojn, Grete.«

»Mojn, Faxe.«

»Ich habe ihn doch gut gekannt. Er ging hier täglich spazieren, solange er noch gesund war.« Faxe schüttelte den Kopf. »Das war schon ein Lagerfeuer, kann ich bezeugen. Ich versuchte noch reinzukommen, aber da war nichts zu machen. Ich habe dann die 112 gerufen.«

Grete und Jensen schauten sich an.

»Kurz nach Sonnenaufgang. Ich werde das nie vergessen.« Faxe nahm ein Stück Kautabak aus einer blauen Dose und schob es sich hinters Zahnfleisch. Er zeigte übers Wasser. »Ich holte gerade meine Reusen ein, als hier an Land das Feuer aufloderte.«

»Waren sonst noch Menschen in der Nähe?«, fragte Jensen.

»Nee«, sagte der Fischer nachdenklich. »Wenn du an einen Brandstifter denkst, ist die Antwort nein. Keine Menschenseele war am Strand. Da bin ich mir sicher. Sonst bekäme er es mit mir zu tun. So ein Unglück um den alten Gregers.« Er sah Grete an. »Alles ging so schnell. Da hätte nicht mal ein Rauchalarm geholfen.«

»Hast du denn keinen gehört?«, fragte Jensen.

Der Fischer drehte seinen Kautabak im Mund um und schüttelte den Kopf. »Nee.«

*

»Wieder eine Niete«, sagte Grete, als sie den Strand entlangwanderten.

»Nicht ganz. Deutet nicht immer mehr darauf hin, dass jemand den Rauchmelder vor dem Feuer außer Betrieb gesetzt hat?«

»Aber wie denn? Wenn der Täter von der Landseite gekommen wäre, hätte Klavs ihn von seinem Fenster aus gesehen. Wenn er den Strand entlang gekommen wäre, hätte Faxe ihn gesehen.«

»Dann gibt es immer noch die kostbaren Felder.« Jensen stieg den kleinen Hang am Leuchtturm hinauf. Der Weizen reifte unter der Sonne bis nach Rinkenæs hoch. »Der Täter könnte auch querfeldein gewandert sein.«

»Das wäre dann eher eine Sache für Lederstrumpf. Oder für Spürhunde«, sagte sie. »Ob wir beiden Freizeitschnüffler nicht am Ende unserer Sackgasse angekommen sind?«

Allmählich waren seine Hoffnungen auf eine schnelle Lösung erschöpft, musste er sich schon eingestehen, auch wenn ihn der ›Freizeitschnüffler‹ schmerzte.

Grete streute ihm noch Salz in die Wunde. »Manchmal glaube ich fast schon, du würdest dir eine Brandstiftung wünschen.«

Ganz so scharf hätte er es wohl nicht formuliert, aber etwas war dran. So glücklich wie mit Grete hatte er sich schon lange nicht mehr gefühlt, und ja, ihre gemeinsamen Ermittlungen konnte er als Bindemittel gut gebrauchen.

Später im Auto legte Jensen seinen Kopf gegen die Nackenstütze. »Ich wünsche nur Gerechtigkeit.« Immerhin war Gretes Erbe in den Flammen aufgegangen. Das musste sie doch verstehen.

Gerechtigkeit – und die Wahrheit natürlich. Die suchte er auch. Die Neugierde nach Lösungen war seine Karriere hindurch eine wesentliche Triebkraft gewesen.

Über die Handbremse hinweg legte sie ihre Hand auf seine. »Ich schätze deinen Einsatz und alle Gedanken, die du dir machst, Jens Peter, aber wir dürfen keine bösen Geister beschwören, wenn es keine gibt.«

Sie wandte ihm ihr Gesicht zu. »Welche Pläne hättest du denn noch?«

›Keine Pläne‹ war die in diesem Fall schmerzhafte Wahrheit. Glücklicherweise klingelte sein Handy, bevor sie zutage kam. Ein Blick aufs Display brachte ihn vom Regen in die Traufe.

»Meine Tochter Christine«, flüsterte er Grete zu.

»Warum flüsterst du?«

Sein Mut sank. Christines Interesse an Grete war schon fast inquisitorisch. Bisher war es ihm gelungen, den aufdringlichsten Fragen auszuweichen, aber mit der einen Frau am Apparat und der anderen an seiner Seite fühlte er die Falle zuschnappen.

»Willst du nicht abnehmen?«, fragte Grete.

»Doch, natürlich.« Er räusperte sich, drückte seinen Finger auf das grüne Symbol eines Telefonhörers – und stutzte.

Eine SMS war eingegangen, die er bisher übersehen hatte: *Willkommen in der EU.*

Jensen drückte auf den roten Knopf. Anruf beendet.

Grete starrte ihn an.

»Probleme?«

»Ganz im Gegenteil.«

Vorläufig musste Christine warten. Die SMS hatte ihn auf eine Spur gebracht.

*

Er las Grete die Nachricht vor. Sie war von T-Mobil, der deutschen Telegesellschaft, und gab Auskunft über den Tarif für Gespräche aus dem Ausland. Angeblich hätte er die Bundesgrenze überschritten.

Sie zuckte mit den Schultern.

»Das passiert hier immerzu«, sagte sie. »Man nennt das Roaming.«

Heutzutage gab man allem so feine Namen. In seiner Jugend hätte man Auslandstelefonieren gesagt, abgesehen davon, dass es gar keine Handys gegeben hatte. Er hatte bei Charterreisen ähnliche Nachrichten erhalten, wenn er mit Lise unterwegs gewesen war.

Aber das war etwas anderes.

»Hier bin ich doch nicht im Ausland.« Die orangefarbenen Bojen, die die Landesgrenze nach Deutschland markierten, folgten der Fahrrinne in der Mitte der Flensburger Förde. »Sondern in Dänemark.«

»Das weiß dein Handy aber nicht«, sagte Grete nüchtern.

Sie zeigte auf den Sendemast in Holnis auf der gegenüberliegenden südlichen Seite und dann über ihre Schulter nach hinten, wo sich kein Sendemast in Sichtweite befand.

»Die deutschen Signale erreichen uns direkt übers Wasser. Unsere dänischen gehen irgendwo in den Hügeln verloren. Aber das lässt sich auf deinem Apparat einstellen. In Rinkenæs machen wir das alle.«

Er hörte nicht mehr zu. Wie man in Rinkenæs sein Handy einstellte, konnte warten. Ihm war erst jetzt eine viel wichtigere Erkenntnis gekommen, die seinen jungen Kollegen sicherlich im Blut lag: Jeder Kontakt im Sendenetz hinterließ elektronische Spuren, und die Spuren ließen sich rekonstruieren.

»Wenn mir das so geht, geht es dem Täter auch so.«

Kapitel 5

Willkommen in der EU.

Der Gruß klang leicht überspannt, auch wenn sich die Tarife für Auslandsgespräche wohl ermäßigt hatten. Komisch war das schon, ihn hier im Inland zu bekommen. Und zugleich aufschlussreich.

Den Vormittag über hatten sie versucht, gegenständliche Spuren des Täters zu entdecken: Fußspuren, Abdrücke, Zündsätze – aber Lupe und Fingerabdruck gehörten der Zeit von Sherlock Holmes und Dr. Watson an. Moderne Täter hinterließen elektronische Spuren.

»Mein Handy glaubt, dass wir uns in Deutschland befinden. Und das gleiche glaubt T-Mobil. Korrekt?« Jensen wollte ganz sicher gehen.

Grete wunderte sich wohl über seinen wechselnden Gesichtsausdruck. »Und?«

»Und weil es mir so passiert ist, muss es dem Täter gestern Nacht ebenso ergangen sein.«

»Vorausgesetzt, er hatte die Einstellung seines Handys nicht geändert. In Rinkenæs machen wir das alle, um nicht geneppt zu werden. Du schaltest dich unter SETTINGS ein und wählst NETWORK OPERATOR –«

»Natürlich«, fing er sie ab.

Seine Theorie war zwar noch vage, aber sie konnten jetzt nicht wählerisch sein. Selbst die kleinste Hoffnung auf einen Durchbruch war besser als keine.

»Was willst du tun?«, fragte Grete.

»Normalerweise würde ich mich mit einem Durchsuchungsbefehl an die Telefongesellschaft wenden und um Zugang zu ihren Logbüchern bitten.«

Nur fehlten ihm in diesem Fall die Befugnisse. Außerdem hatte sich der bekannte Schatten wieder über Gretes blaue Augen gelegt.

»Du verdächtigst Otto.«

Ehrlichkeit währt am längsten, aber zu viel Ehrlichkeit würde am Ende noch ihr gutes Verhältnis in Gefahr bringen. Oder?

»Otto ist ein guter Junge«, wich Jensen aus. Das war doch Gretes eigene Behauptung.

»Genau.« Ihre Empörung klang wieder durch. »Otto hätte niemals seinen Onkel umgebracht und schon gar nicht wegen eines unbedeutenden Erbes.«

»Ich verstehe.«

»Übrigens hat er uns zum Essen eingeladen.«

»Eigentlich doch nur dich?«

»Du bist sicher auch willkommen.«

Na ja. Bevor Jensen seine Bedenken anmelden konnte, tauchte ein dunkler Passat im Seitenspiegel auf.

Er hielt hinter ihnen am Straßenrand an, und der örtliche Dorfpolizist stieg aus. Seit ihrem letzten Treffen hatte Madsen sich Kohle und Ruß abgewaschen. Er sah adrett und sauber aus und wie immer rotwangig. Er lächelte Grete zu.

Jensen gegenüber wirkte er reservierter. »Ihr ermittelt auf eigene Faust?«

»Tun wir das?« Jensen spielte überrascht.

Madsen konnte er damit nicht täuschen. »Ich habe mich gerade noch mal mit Klavs und Mathilde unterhalten. Anscheinend wart ihr mir zuvorgekommen. Ihr sucht immer noch einen Täter?«

»Du hast recht«, gab Jensen zu. »Das geht auf mich.«

Er kannte das unangenehme Gefühl aus eigener Erfahrung, als Ermittler einen fremden Kollegen im Nacken zu spüren. Nach und nach hatten sie sich vielleicht ein bisschen zu weit in Madsens Revier gewagt.

Soweit möglich, versuchte er Grete aus der Sache herauszuhalten.

»Ich wollte dir natürlich nicht dazwischenfunken.«

»Dazu gibt es auch keinen Grund«, sagte Madsen. »Du hast ja die Techniker gehört. Nichts deutet auf ein Verbrechen hin.«

»Es sei denn, jemand hätte absichtlich den Rauchmelder ausgeschaltet?«

Madsens Blick ging von Jensen zu Grete und wieder zurück. Er schwieg, aber der Zweifel stand ihm ins Gesicht geschrieben.

»Haben die Techniker ihn schon untersucht?«, fragte Jensen.

»Der Bericht wird kommen, wenn er fertig ist. Habt ihr sonst noch Vorschläge?«

»Da wäre auch noch die Sache mit der Mobil-Telefonie. An deiner Stelle würde ich vielleicht mal untersuchen ... Au!« Jensen hielt inne, weil Grete ihm gegen das Schienbein trat.

»Seine Frage war doch ironisch gemeint«, zischte sie.

*

»Da wärst du beinahe ins Fettnäpfchen getreten.« Hügelan ließ Grete den Motor heulen.

Jensen beugte sich zum Seitenspiegel hinab. Von der Brandstelle sah ihnen ein angefressener Madsen nach.

»Ich möchte Otto ungern erzählen müssen, dass die Polizei auf unseren Vorschlag hin den Bewegungen seines Handys nachschleicht«, legte Grete noch einen drauf.

»Natürlich nicht.« Es galt hier wirklich, sich durch alle Sonderinteressen zu schlängeln. Die der Polizei, Gretes –

»Ich schätze deine Gründlichkeit hoch ein«, sagte sie hinter der Sonnenbrille, »und wenn jemand absichtlich Gregers getötet hat, möchte ich ihn ebenso hinter Gittern sehen wie du, aber unsere Familie ist schon klein genug, und wenn du sie noch spaltest, bringt uns das Gregers auch nicht zurück.«

»Nein. Wohl nicht.«

Endlich wurde ihr Ton wieder milder. Sie drückte ihm die Hand.

»Ich bin froh, dass du hier bist.«

Zumindest was das anging, waren sie sich einig.

Sie schaltete einen Gang höher.

»Was wollen wir eigentlich mehr?«

*

»Nur keine falsche Bescheidenheit«, sagte Grete. »Natürlich besuchst du Otto mit mir. Er hatte uns doch beide eingeladen.«

Es war das Land der Halbinseln und Buchten. Auf der zwanzigminütigen Fahrt nach Sønderborg lag die Flensburger Förde bald zu ihrer rechten Seite, dann schon wieder ein Ausläufer zur linken. Bei Egernsund überquerten sie die Brücke über den gleichnamigen Sund zum Broagerland, wo ihnen sein erstes Wahrzeichen, die ikonische romanische Kirche entgegenleuchtete.

Unwillkürlich versetzte die doppelte Turmspitze Jensen in den Geschichtsunterricht zurück. Laut einer der vielen Sagen, die sich um die Kirche rankten, hatte ein örtlicher Kreuzritter bei seinem Abmarsch ins Heilige Land seine schwangere Frau in Broager zurückgelassen mit dem Auftrag, je nach Geschlecht des Kindes einen hohen oder einen niedrigen Turm anzubauen, den er bei seiner Rückkehr schon übers Wasser würde sehen können. Es waren Zwillinge geworden. Siamesische Zwillinge, hieß es manchmal.

Jensen schmunzelte. Tatsächlich hatten wohl eher technische Grenzen die spezielle Konstruktion erfordert, weil der Turm für einen durchgehende Giebel zu breit gewesen war. Dem bildlichen Charme der Rittergeschichte tat das keinen Abbruch.

Der Alssund teilte die Stadt Sonderburg in zwei ungleiche Teile. Der kleinere Teil lag auf dem Festland, der größere Teil auf der Insel Als. Nach dem ersten Weltkrieg hatten die geschlagenen deutschen Truppen die Insel kurzzeitig als selbstständige Republik ausgerufen und ihren Proviant mit der überwiegend dänischen Bevölkerung geteilt.

Zwei Brücken führten über die etwa fünfhundert Meter breite Wasserstraße. Im Norden die stählerne Christian-X-Brücke und im Süden die neuere, vierspurige Betonbrücke.

»Da drüben habe ich das Gymnasium besucht.«

Jensen zeigte auf die Dächer der Staatsschule.

»Ich habe die Technische Schule in Aabenraa besucht und dann die Friseurlehre gemacht«, erwiderte Grete.

Womit sich ihre Wege damals getrennt hatten.

Otto wohnte in einem etwas heruntergekommenen Reihenhausviertel am südlichen Stadtrand. Sein brandneuer

BMW mit dem CK-Kennzeichen wirkte hier deplatziert – jedenfalls nach Jensens Meinung –, als spielte der Besitzer einen falschen Wohlstand vor.

Der gleiche BMW hatte gestern vor dem Einkaufszentrum in Ulsnæs gestanden. Grete wusste noch gar nichts von Ottos Treffen mit dem kräftigen Mann in dem schweren Mercedes. Auch jetzt hielt Jensen sich um des Friedens willen zurück.

»Mojn!« Otto begrüßte beide fast schon überschwänglich. In seinem eigenen Haus wirkte Gregers' Neffe heimisch, und trotz des Todes seines Onkels konnte er kaum seine Begeisterung verbergen. »Hier ist noch jemand.«

Er führte sie in die Stube, wo gerade eine junge Frau durch die Glastür vom Garten auftauchte. Ihr kupferfarbenes Haar war zu einem Pferdeschwanz gebunden. Sie trug hochhackige Sandalen und ein kurzes Sommerkleid, das sie sich glattstrich.

»Das ist Laura«, stellte Otto die junge Frau vor. »Meine Verlob…«

»Partnechrin«, korrigierte Laura. »Guten Tahg«, sagte sie etwas gedehnt.

Als einzige in dem kleinen Kreis sprach sie Rigsdansk. Jensen fühlte sich gleich an Lises erste Zeit in diesem sonderbaren Landesteil erinnert, wo die Einbürgerung Generationen hatte dauern können, und fühlte gleich eine besondere Verbindung zu ihr. »Otto hat dich schon erwähnt.«

Sein Rigsdansk rief in ihr ein hübsches Lächeln hervor. »Du wohnst in Aarhus?«

»Etwas außerhalb, in Risskov.«

»Ich bin ganz in der Nähe aufgewachsen. Am Wasser.«

Eine gemeinsame Basis war damit schon gefunden, stellte er zufrieden fest.

Indessen wendete Laura sich der eigentlich Eingeladenen zu. »Aber Gchrete. Dich vergesse ich ganz. Mein herzliches Beileid.«

Die beiden kannten sich natürlich schon besser.

»Vielen Dank.« Grete erwiderte Lauras Umarmung und blieb im Dialekt. »Otto hat dir natürlich schon alles erzählt von dem Brand.«

»Ich kann es noch gar nicht fassen. Wir hatten Gregers doch noch besucht.« Laura schüttelte den Kopf. »Otto hat so große Stücke auf seinen Onkel gehalten.«

Otto klatschte in die Hände. »Setzt euch doch bitte.«

Er bat sie alle in den kleinen Garten hinaus.

Er rückte einen Sonnenschirm von zwei Liegestühlen fort, an den Esstisch heran. »Ich bin kein großer Koch und habe deshalb belegte Brote beim Schlachter bestellt.«

Es gab auch kühles Bier und Limonaden, was Jensen an einem so heißen Tag zu schätzen wusste.

Abgesehen von einigen Rosensträuchern an den Mauern war der Garten hauptsächlich gefliest. Otto war bestimmt kein Gartenmensch, nach seinen blassen Händen zu urteilen.

Laura hatte sicherlich auch nur selten Schmutz unter den langen Fingernägeln, aber als Gastgeberin machte sie eine zuvorkommende Figur. Sie bot an und schenkte nach und erkundigte sich nach Jensens Hintergrund und Familie. Als er von seinen Enkelkindern erzählte, strahlte sie mit ihm.

Jensen unterdrückte seinen Drang, ihr Fotos von den Gören zu zeigen. So nahe standen sie sich auch wieder nicht, musste er sich eingestehen, obwohl er so leicht mit Laura ins Gespräch gekommen war. Stattdessen erkundigte er sich nach ihrem Leben.

»Eine Zeit lang habe ich als Model gejobbt, bis ich im vorigen Jahr die Stellung bei der Scandic-Hotelkette angeboten bekam. Wo ich dann Otto kennengelernt habe.« Sie fasste nach Ottos Hand.

»Hast du schon das Roastbeef probiert?« Sie bot Jensen wieder an: Roastbeef, Scholle, Braten.«

Endlich zwang er sich, dankend abzulehnen.

Die eine traditionelle Mahlzeit folgte der anderen, und der Schlachter hatte an nichts gespart. Bei dem hoch belegten *Smørrebrød* spürte Jensen schon sein mitgebrachtes Sommerzeug zwicken.

Am Ende führten dann doch Grete und Otto das Wort. Jensen hätte Otto gerne einige Fragen gestellt, was den Tod von Gregers und das Feuer betraf. Grete zuliebe hielt er sich jedoch zurück. Bis Otto selbst auf das Thema zu sprechen kam.

»Wie ich höre, ermittelst du in Onkel Gregers' Tod«, sagte er. »Verdächtigst du schon jemand Bestimmten?«

*

Aus einem der Nachbargärten klang es nach Kindergeburtstag. Es wurde gesungen, und für einen kurzen Augenblick sah Jensen seine Enkelkinder vor sich: Jonas, Kir und Line in Aarhus. Er freute sich auf sie. Bis dahin gab es allerdings noch viel für ihn zu tun.

Darüber hinaus war es still geworden in Ottos Garten. Otto schien immer noch seiner eigenen Frage hinterher zu lauschen. Lauras unergründlicher Gesichtsausdruck hätte sich an einem Pokertisch gut ausgemacht. Jensen spürte Gretes warnenden Blick.

»Ob wir jemanden in Verdacht haben?«, gab er die Frage zurück. »Das klingt fast, als hättest du selber einen Tipp?«

»*Means, motive and opportunity.*« Gregers' Neffe schien es nur auf die Gelegenheit angelegt zu haben, sich als Kriminologe zu profilieren. »Alle drei Zutaten müssen stimmen, bevor man den Täter fasst. Sagt man das nicht so?«

»Im Fernsehen vielleicht.« Seine berufliche Vorgehensweise bei der Polizei wollte Jensen nicht weiter diskutieren.

»*Methode, Motiv und Gelegenheit.*« Otto hielt am Klischee der TV-Krimis fest. »Im Fall Onkel Gregers kann ich mein Motiv nicht verleugnen. Wie tragisch sein Tod auch sein mag, profitiere ich davon. Ich bin es, der jetzt sein Vermögen erbt.«

»Otto.« Grete legte ihm die Hand auf den Arm. »Ich bitte dich. Wir würden dich nie ernsthaft verdächtigen.«

»Trotzdem hört ihr euch in der Nachbarschaft um.« Otto lächelte nur über ihre Verlegenheit. »Faxe hat mich angerufen. Der Fischer, der immer vor Gregers' Haus in See sticht.« Er zwinkerte ihnen beiden zu. »Ganz nebenbei spricht sich herum, dass ihr euch schon recht nahe gekommen seid?« Der junge Mann fühlte sich anscheinend sehr sicher, und Lauras Dabeisein inspirierte ihn sichtlich. Seine sonst so dunklen Augen leuchteten jedes Mal, wenn er sie ansah. »Schön, dass ihr zumindest einander gefunden habt. Von einem Brandstifter gibt es, soweit ich orientiert bin, keine Spur?«

»Weder von ihm noch von seiner Methode«, bestätigte Jensen.

»Was dich nur noch mehr anstachelt?« Otto lachte. »Ich mag mich täuschen. In dem Fall korrigierst du mich bitte, aber geht es dir mit dem Täter nicht wie mit der Münze hier in meiner Faust?«

Er reichte die geschlossene Faust über den Tisch wie der Taschenspieler auf einem umherreisenden Jahrmarkt. »Niemand sieht die Münze, aber nur deshalb nicht, weil ich sie in meiner Hand verstecke. Ebenso hat man den Täter möglicherweise nur deshalb nicht gesehen, weil er sich auch versteckt. Nicht wahr?«

Er sah Jensen direkt in die Augen. Es war ein herausfordernder Blick. Bisher hatte Gregers' Neffe einen eher weichlichen Eindruck gemacht. In diesem Augenblick zeigte er eine schärfere Variante seines Charakters. Seine Augen glühten. Der Blick brannte.

Jensen nickte. »Die Möglichkeit müssen wir in Betracht ziehen.«

»Aber dass es einen Täter gab, daran glaubst du.« Jetzt kam echte Freude in Ottos Vortrag. »Du bist ein außergewöhnlicher Mann, Jens Peter Jensen. Du lässt dich nicht abspeisen wie die meisten. Was sie nicht sehen, macht sie nicht heiß. Bei dir ist es umgekehrt. Dich entzündet gerade das, was du *nicht* siehst.«

»Das kann eine Berufskrankheit sein«, gab Jensen zu.

»Alles verziehen.« Otto gab sich großherzig. »Wenn du nur bedenkst: Dass du keinen Täter siehst, kann auch daran liegen, dass es ihn gar nicht gibt.«

Er drehte seine Faust um und öffnete sie. Die Hand war leer.

*

Unter dem Tisch drückte Grete Jensen etwas mitleidig die Hand. Nach Ottos Streich mit der vorgetäuschten Münze meinte sie ihm wohl Trost spenden zu müssen.

Laura hingegen sah ihren Partner nach dem Bluff stolz an.

Otto lachte: »Einen Augenblick lang hast du wirklich an die Münze in meiner Hand geglaubt.«

»Da hast du mich reingelegt«, gab Jensen zu.

Der junge Mann wurde jetzt ernst.

»Hand aufs Herz, ich weiß nicht, wer Onkel Gregers' Haus angezündet haben könnte. Und um das gleich vorwegzusagen: Ich habe die ganze Nacht in meinem Bett gelegen. Als der Brand entstand, befand ich mich im tiefen Schlaf der Unschuldigen.«

»Ich glaube dir«, sagte Jensen. »Obwohl das alleine wohl nicht ganz als Alibi reichen würde.«

Über die Reste der Mahlzeit auf dem Tisch warf Otto seiner Verlobten einen vielsagenden Blick zu. »Ich hätte schon eine Zeugin.«

Laura senkte sittsam den Blick.

»Aber vorläufig«, setzte Otto fort, »könnten wir vielleicht eine gewisse Diskretion wahren?«

In Jensens Ohren klang das eher gekünstelt als diskret.

Bis auf Weiteres tat er jedoch so, als akzeptierte er Ottos Behauptung. Genauso wie er vorher die verblümte Andeutung geschluckt hatte, er jage Gespenster.

»Verzeih mir bitte, wenn ich vorhin etwas empfindlich gewesen bin«, sagte Otto. »Onkel Gregers war mein einziger Verwandter. Deshalb verletzen mich falsche Anschuldigungen schon.«

Er ging in die Stube, um ein in Leder gebundenes braunes Fotoalbum zu holen. »Das habe ich mir neulich von ihm ausgeliehen, um es Laura zu zeigen.«

»Weil hinten auch Bilder von dir selbst auftauchen?« Sie zwinkerte ihm zu. »Otto war schon als Kind fotogen.«

»Ich bin wohl etwas rührselig geworden, nachdem meine Mutter starb. Glück im Unglück, sonst wäre das Album mit verbrannt.«

Während Laura damit begann, Teller und Besteck vom Tisch zu räumen, blätterte er die knisternden Seiten durch.

Die Fotos waren mithilfe von weißen Fotoecken eingesetzt worden.

»Hier!« Er schob Jensen das Album zu. »Das bist du doch mit Gregers zusammen, oder?«

Es war eines der älteren Schwarz-Weiß-Bilder. Trotzdem kam die gleißende Sonne zu ihrem Recht. Licht und Schatten schufen scharfe Kontraste. Die Lebensfreude der beiden kleinen Jungen machte Jensen ganz wehmütig. Beide saßen in ihr Projekt vertieft: mit einem Brennglas ihre Namen in ein Brett einzubrennen

»Wie niedlich.« Grete fasste Jensen unter den Arm.

Im Hintergrund stand der ältere Opel Rekord, den sein Vater immer eigenhändig in seiner Werkstatt gewartet hatte. Der Tag kam Jensen wie gestern vor, als sein Vater sie vor der heimischen Garage fotografiert hatte. Der Duft von Sonne und Sommer und frisch verbranntem Holz steckte ihm noch immer in der Nase. So unschuldig, verglichen mit Gregers' verkohltem Haus.

Gregers und er waren so enge Freunde gewesen, die die Zeit dann doch voneinander getrennt hatte. Viel zu spät überkam Jensen wieder der Schmerz darüber, die Freundschaft vernachlässigt zu haben.

Laura unterdrückte jetzt doch ein Gähnen. Ihr mussten Gregers' Jugendbilder vorkommen wie Fossile aus der Steinzeit, ging es Jensen auf. Seinen Schwiegerkindern würde es bestimmt ähnlich gehen, wenn er ihnen Fotos von seinen Klassenkameraden zeigte.

Otto bemerkte ihre Langeweile, und gleich darauf bestand kein Zweifel mehr, wer in ihrem jungen Verhältnis die Hosen anhatte.

»Es war gemütlich mit euch zu plaudern«, sagte er sofort. »Leider haben wir gleich noch eine andere Verabredung.«

Das war ein schwacher Vorwand, aber Jensen und Grete verstanden seinen Wink mit dem Zaunpfahl.

*

Während Laura wieder in den Garten ging, geleitete Otto seine Gäste zum Flur. Er umarmte Grete familiär gewohnt und nahm Jensen zur Seite.

»Von Mann zu Mann, Jensen. Pass gut auf sie auf. Grete hat wegen Onkel Gregers schon zu viel durchgemacht. Du musst sie jetzt nicht auch noch in endlose Untersuchungen hineinziehen.«

Das klang sehr fürsorglich. Trotzdem wurde Jensen den Eindruck nicht los, dass es Otto in erster Linie um seine eigene Bequemlichkeit ging. Einen Trumpf hatte er ja auch noch im Ärmel. »Die Untersuchungen werden sich gar nicht mehr lange hinziehen. Den Beweis kann ich nämlich schon sehr bald führen.«

Ottos joviales Lächeln verblasste. »Was meinst du damit?«

»Alle Mobiltelefone hinterlassen elektronische Spuren, die sich rekonstruieren lassen.« Jensen zog sein Handy aus der Tasche und zeigte ihm die einschlägige SMS der T-Mobil. »Ich erhielt sie vor Gregers' Haus. Wenn der Täter auch so eine bekommen hat, werde ich ihn bei der Tele-Gesellschaft aufspüren, da kannst du sicher sein.« Er steckte sein Handy wieder ein. »Aber wir wollen dich nicht aufhalten.«

Otto hatte während der Erklärung immer nachdenklicher ausgesehen. Sobald die Gäste draußen auf der Treppe standen, schlug er die Tür hinter ihnen zu.

Grete ging schon auf den Gartenweg, aber Jensen blieb stehen.

»Sch!« Er hielt den Zeigefinger an die Lippen. »Otto hat die Tür nicht abgeschlossen.«

»Und?«, deutete sie in Zeichensprache an.

Anstatt zu antworten, zählte er bis drei und stieß die Tür mit einem Ruck auf.

Zuvor war Otto so behände mit seinen kriminalistischen Klischees umgegangen. Hier kam ein Motto ins Spiel, auf das Jensen große Stücke setzte: *Don't tell it, show it*: Ein Bild sagt mehr als tausend Worte.

Das Bild, das ihm begegnete, hätte nicht entlarvender sein können.

Otto stand immer noch auf dem Flur und sah auch immer noch bekümmert aus. In der Hand hielt er ein grünes iPhone, das er fast fallen gelassen hätte, als Jensen hereinstürmte.

»Verzeihung«, log Jensen. »Ich wollte dich nicht erschrecken.«

Otto ließ das I-Phone hinter seinem Rücken verschwinden. »Was willst du noch?«

»Ich dachte, ich hätte meine Brieftasche vergessen.« Jensen klopfte sich an die Hosentaschen. »Aber wie dumm von mir. Hier ist sie ja.«

Er winkte einem ziemlich verdutzten Otto mit der Brieftasche zu und lief schnell wieder in die Sonne hinaus zu einer ebenso überraschten Grete.

»Da habe ich ihn erwischt«, sagte er. »Otto befürchtet, dass das Sendenetz seinen Apparat in der Mordnacht in Rinkenæs registriert hat. Er hatte ihn gleich in der Hand.«

Kapitel 6

»Hast du gesehen, was er da machte?« Jensen hätte vor Begeisterung fast die Arme hochgerissen. »Otto untersuchte die Eintragungen auf seinem Handy.«

Weil er befürchtete, dass sein Handy in der Feuernacht am Hause seines Onkels digitale Fußspuren hinterlassen hatte. Andere Erklärungen konnte es für sein Verhalten nicht geben.

»Jetzt werden wir doch die Telefongesellschaft um Bestätigung bitten müssen.« Wenn sich Ottos Koordinaten mit Tatort und Tatzeit deckten, wäre die Sache klar.

Der junge Mann wusste offenbar, dass er durchschaut worden war. Die Gardinen bewegten sich im Fenster des Reihenhauses, während Jensen Grete zu ihrem Auto an der Bordsteinkante begleitete.

Erst als Grete sich hinter das Steuer setzte, fiel Jensen auf, wie still sie geworden war. Sie startete den Motor, ließ aber zwei Radfahrern die Vorfahrt, bevor sie auf die Fahrbahn bog.

»Das gefällt mir nicht«, sagte sie endlich.

»Was? Dass wir dem Täter auf der Spur sind?«

»Dass du Otto in eine Falle gelockt hast.«

»Grete! Der Mann hat dein Erbe gestohlen.«

»Behauptest du!«

Ihr Widerstand zerkrümelte den letzten Rest seiner Begeisterung. Das Sonnendach des Wagens zurückgerollt, strömte der warme Sommerwind über sie hinweg. Trotzdem war die Luft zwischen ihnen erkaltet, als sie durch Sønderborgs Stadtmitte fuhr.

Sie überquerten wieder den Alssund zum Festland. Unter der Brücke schaukelten Jollen und Jachten in den ruhigen Wellen, Grete aber presste die Lippen zusammen und tat so, als konzentrierte sie sich auf den Verkehr. Gewiss war der zwar lebhaft, aber eigentlich übersichtlich.

Vor dem Besuch bei Otto hatte Jensen sich schon beinahe an ihre gemeinsamen Ausflüge gewöhnt und sie wie selbstverständlich genommen. Jetzt riskierte er, Grete in seinem Eifer von sich zu stoßen.

»Wenn Otto und Laura zusammen geschlafen haben, wie er behauptet, braucht er ja nichts zu fürchten«, argumentierte er sachlich. »Dann kann er doch nur froh darüber sein, dass wir den Mörder seines Onkels suchen.«

»Wenn es überhaupt einen Mörder gibt. Vielleicht jagst du tatsächlich ein Gespenst? Verrenn dich bloß nicht.«

»Wenn ich mich irren sollte, werde ich der Erste sein, der das zugibt.«

Eitelkeit durfte niemals der Wahrheit im Weg stehen. Aber erst musste Jensen selbst überzeugt sein.

»Ich frage mich, weshalb dir die ganze Sache so wichtig ist«, sagte sie. »Soweit ich weiß, hast du Gregers seit Jahrzehnten kaum gesehen.«

Vielleicht war gerade das der Grund, dachte Jensen. Auch wenn es zu spät war, schuldete er seiner Jugendfreundschaft einen ordentlichen Abschluss. Was war daran so schwer zu verstehen?

»Jedenfalls hast du dich nicht viel um mich gekümmert«, fügte Grete hinzu.

Da war gewiss vieles nachzuholen, dachte er bei sich.

Leider sah Grete die Sache wohl mit anderen Augen.

»So war es vielleicht auch am besten.«

In dem hügeligen Gelände kamen sie der Dybbøl Mølle näher, dem Wahrzeichen des Deutsch-Dänischen Krieges von 1864. Damals war es um die nationale Zugehörigkeit der Herzogtümer Schleswig und Holstein gegangen, die der dänische König seit jeher als Lehen verwaltet hatte. Seiner Angliederung der Herzogtümer an Dänemark hatte sich das preußische Kaiserreich jedoch widersetzt.

Man sprach von der ›Schlachtbank Düppel‹, auf der tausende von Soldaten auf beiden Seiten gefallen waren. Die holländisch inspirierte Windmühle war zerschossen gewesen. Von alten Fotos kante Jensen das umliegende Land als ein Bild der Verwüstung mit seinen unzähligen Einschlagskratern.

Heute beherbergten weiß getünchte Bauten eine Reihe historischer Ausstellungen. Die ursprünglichen Schanzen, in die sich die dänischen Truppen zurückgezogen hatten, waren in einen grünen Park verwandelt worden. Historische Kanonen zielten auf den Strand am Væmmingbund hinab, einer der vielen Buchten der Flensburger Außenförde, von der aus die feindlichen Truppen angegriffen hatten.

Die Landschaft und das Wetter luden zu einem Spaziergang Hand in Hand durch den Park ein.

Die Stimmung im Auto war jedoch dazu nicht gegeben. Jensen verstand das sehr wohl. Trotzdem riskierte er ein Auge.

»Könnten wir nicht hier anhalten? Ich habe die Kanonen seit Jahrzehnten nicht mehr gesehen.«

Grete seufzte, folgte aber seinem Vorschlag.

*

»Wir waren ganz einfach technologisch unterlegen«, sagte Jensen etwas später, als sie auf den Wegen der gepflegten Grünflächen wanderten. Er zeigte über die Förde. »Die modernen Krupp-Kanonen konnten uns vom anderen Ufer beschießen. Dagegen konnten wir nichts ausrichten. Unsere Soldaten waren noch mit Vorderladern ausgerüstet.«

»Ein Großvater meiner Mutter kämpfte auf preußischer Seite«, erwiderte Grete.

»Ach ja?«

»Aber Sch! Das braucht nicht jeder zu wissen.«

Sie machte auf geheimnisvoll, und er lächelte.

Wenn man genauer hinsah, gab es im Grenzland kaum Familien, die im Laufe der wechselvollen Geschichte nicht ein Bein in jedem Lager gehabt hätten. Die Grenze war dauernd zwischen der Königsau im Norden und der Eider im Süden hin und her verschoben worden, bis sie bei der Volksabstimmung 1920 ihre heute noch gültige Form gefunden hatte.

Ein klein wenig löste sich ihre Stimmung immerhin. Eine Weile gingen sie schweigend weiter, im Strom anderer Touristen, die gleichfalls die sommerliche Kombination aus Sightseeing und frischer Luft genossen.

»Ich halte es einfach nur für richtig, dass wir den Brand gemeinsam aufklären«, sagte er dann irgendwann doch. Das Rätsel um den vermeintlichen Mordbrand ließ ihm einfach keine Ruhe.

»Nicht um jeden Preis.« Grete zeigte gleich wieder Krallen. »Denk dran, dass ich in Rinkenæs wohne und das auch weiterhin tun werde. Alles, was wir unternehmen, hat auch Konsequenzen, und im Gegensatz zu dir muss ich vorsichtig mit meinen Behauptungen sein. Ich kann nicht einfach alle Brücken hinter mir abbrechen.« Die

Sonne verschärfte ihre Sorgenfalten. »Außerdem ist Otto kein böser Mensch. Ich mag ihn wirklich, falls du daran zweifeln solltest.«

»Was macht er eigentlich beruflich?«

»Er ist Buchhalter.«

»Ein hochbezahlter?«

»Sein Arbeitsplatz ist stabil. Bei der Hotelkette, wo er Laura kennengelernt hat.« Ihre Augen verwandelten sich in zwei scharfgeladene Waffen. »Worauf willst du hinaus?«

»Ich wüsste gern, wie er sich finanziert. Ottos BMW ist nicht das billigste Modell.«

»Er ist ein dynamischer junger Mann«, sagte sie. »Willst du ihm seine Freude an einem schnellen Wagen vorwerfen?«

Schnelle Autos und schöne Frauen, dachte Jensen.

»Und was macht Laura in dem Hotel?«

»Sie ist wohl Empfangsdame. Das hat sie dir doch selbst gesagt.«

Und vorher war sie Fotomodell gewesen. Er erinnerte sich an Lauras geschminktes Gesicht, den schlanken Körper in dem teuren Kleid und die langen Wimpern. Ihres Rigsdansk wegen hatte sie ihn zunächst an Lise erinnert. Andererseits waren ihm die Unterschiede sehr wohl aufgefallen. Lise hatte sich zwar in den Gregers' Ohren hochnäsig angehört, war aber von Herzen eine bescheidene Seele gewesen.

Laura kam ihm nicht so vor, als würde sie sich mit einem armen Mann begnügen, auch wenn sein Job noch so stabil war.

»Sie führt sicherlich kein billiges Leben.«

»Das ist ja wohl der Gipfel des Chauvinismus!« Grete schäumte vor Wut. »Du behauptest doch nicht wirklich, Otto hätte seinen Onkel ihretwegen umgebracht?«

»Wir Männer tun vieles für Frauen.«

Sie blieb an einer historischen Kanone stehen, deren Lauf man allerdings versiegelt hatte, um Unfug vorzubeugen. »Würdest du mir einen Gefallen tun?«

»Selbstverständlich.« Jensens Herz schlug schneller. »Womit denn?«

»Über etwas anderes zu reden als über Feuer und Mord.«

»Oh!« Er tat betreten. »Gibt es denn überhaupt anderes als das?«

Grete starrte ihn mit offenem Mund an. Dann zerbröckelte ihre Wut. Sie lachte.

Auf der Heimfahrt erzählte er von seinen Enkelkindern und sie von ihren Nichten. Zu seiner Erleichterung und Freude nahm sie seine Einladung zu einem gemeinsamen Restaurantbesuch für den Abend an.

Die Stimmung hatte sich rundum verbessert, als sie ihn bei Inges Bed & Breakfast absetzte. Sie verabschiedeten sich zügig; er hatte noch Dinge zu tun, bei denen sie besser nicht anwesend war.

*

Der sonnige Tag hatte auch das Zimmer geheizt. Jensen öffnete die Balkontür, um sich die weitere Strategie bei frischer Luft zurechtzulegen.

Das grüne Sommerlaub der Buchen raschelte. Gregers' Haus lag hinter hohen Hecken in der Ferne versteckt, aber Jensen konnte gerade noch das Grundstück an der Förde ausmachen.

Grete konnte sagen, was sie wollte. Er witterte Brandstiftung und zweifelte keine Sekunde an Ottos Schuld.

Ottos Gesichtsausdruck, als Jensen ihn überrascht hatte, hatte mehr als tausend Worte gesagt. In die selbstsichere Fassade waren Risse gekommen. Otto hatte sein grünes iPhone zu spät hinterm Rücken versteckt.

Mit Rücksicht auf sowohl Gretes Gefühle als auch den Stolz des örtlichen Polizisten hielt Jensen seine Ermittlungen besser unter dem Radar. Ihr Streit hatte nur allzu deutlich aufgezeigt, was auf dem Spiel stand, wenn er sich zu weit vorwagte.

Ermitteln musste er jedoch. Keine Frage.

Jensen sah auf seine Uhr. Der Tag neigte sich dem Abend zu, aber mit etwas Glück würde er seinen Kollegen Jesper in Aarhus noch im Polizeirevier antreffen. Jesper war der IT-Experte ihrer Abteilung. Ein begeisterter, der auch gern die Wochenenden zur Hilfe nahm, wenn ihn die Arbeit fesselte.

Unter anderem war Jesper für den Kontakt zu Telefongesellschaften zuständig, wenn es ums Ablauschen von Gesprächen ging. Und eben auch um das digitale Orten Verdächtigter.

Jensen hatte Glück. Jesper nahm sofort den Hörer ab.

»Jensen! Du bist hier in aller Munde. Wie wir hören, hast du schon das halbe Sønderjylland umgekrempelt.«

Jensen schluckte. »Habe ich das?«

»Ein Kollege aus diesem Ort – Chrinkenæs? – hat vorhin angerufen. Ein Madsen, der wissen wollte, ob du wirklich derjenige bist, für den du dich ausgibst. Er deutete an, du hättest es auf eine der Dorfschönheiten abgesehen.«

»Ach so?«

»Ich habe ihm gleich bestätigt, dass du unser hiesiger Don Juan bist.«

Jensen räusperte sich.

»In was hast du dich da verwickelt? Ein Haus brennt ab, und gleich trittst du dem örtlichen Sheriff auf die Hühneraugen?«

Nach bestem Wissen weihte Jensen den Kollegen ein – geradlinig und ohne Umschweife, auch wenn er, was sein persönliches Interesse an der Sache betraf, kurzzeitig ins Stottern geriet.

Zumindest nahm Jesper die Sache ernst. Jensen meinte einen Kugelschreiber übers Papier kratzen zu hören, nur unterbrochen von Jespers verständigen Fragen.

»Kurz gesagt möchtest du wissen, ob T-Mobil gestern Nacht die Handy-Nummer von diesem Otto registriert hat?«

»In Dalsgård bei Rinkenæs, ja. Kurz vor Sonnenaufgang.«

»Etwa fünf Uhr morgens?« Jesper notierte.

»Vielleicht schon etwas früher.«

»Und die Untersuchung möchtest du nicht einfach diesem Madsen überlassen?«

Bestimmt nicht. »Ich werde dir später noch alles erklären.«

»Ohne Durchsuchungsbefehl? Hmm.« Jesper seufzte ins Telefon. »Du weißt, wie argwöhnisch die Telegesellschaften die Privatsphäre ihrer Kunden schützen. Unter uns gesagt müssen sie das auch.«

Jensen umkurvte alle moralischen Skrupel.

»Kennst du nicht manchmal jemanden, der dir einen informellen Dienst schuldet? Dem du vielleicht einen Hinweis abkaufen könntest?«

»Im Ausland?« Jespers Bedauern klang aufrichtig. »Wohl kaum.«

Die Ermittlungen waren in eine neue Sackgasse geraten. Während Jensen sich die Schuhe auszog, überlegte er dann doch, Madsen von seinen Beobachtungen zu berichten. Er wollte ungern zu eifrig wirken und schon gar nicht Grete kompromittieren, aber die Situation verlangte ein Handeln.

Ein Duschbad würde die Gedanken klären. Er erweiterte den Hosengürtel um ein Loch. Was man in dieser Gegend konsumierte, war nicht ohne. Trotzdem freute er sich auf das gemeinsame Abendessen mit Grete. Einfach nur zu zweit. Ganz entspannt.

Er nahm sich vor, um alle aufkommenden Streitgespräche einen weiten Bogen zu machen und ließ sich mit einem Seufzer aufs Bett fallen. Nicht schlafen, nur für einen kurzen Augenblick die Augen schließen.

Sein Blick fiel auf das Foto an der Lampe, von Lise in ihren glücklichsten Tagen, im Sommerkleid und mit Strohhut im Garten. Sie lächelte ihn an, aber immer wieder sah er Grete in dem Lächeln, lebendig als läge sie hier neben ihm.

Die Vögel sangen vor dem Balkon. Er fasste nach ihrer Hand und – ein Knall weckte ihn, als das Handy aus seiner Hand fiel. Nun war er doch eingeschlafen.

Er sammelte es vom Fußboden auf. Grete war nur ein Traum gewesen. Ihre Verabredung hingegen nicht. Sein Blick fiel auf die Uhr.

Es gab keine Zeit mehr zu vertrödeln.

*

Wie verabredet holte er sie zu Hause ab. Grete trug ein enges Kleid und dunkleres Make-up als sonst. Schon als sie Jensen die Tür öffnete, war sie seine Königin des Abends. Er selbst trug den neuen Anzug und die Seidenkrawatte, die er ursprünglich für die Hochzeitsfeier vorgesehen hatte.

Gemeinsam schlenderten sie durch den hellen Abend. Trotz einiger Bedenken hatte er einen Tisch im Golfhotel Rinkenæs gebucht und hoffte jetzt, dass sie ihm die Wahl nicht krummnehmen würde. Golfhotels waren Gregers anscheinend ein Dorn im Auge gewesen.

Zu seiner Erleichterung hatte sie keine Einwände. Ganz im Gegenteil wurde der kurze Spaziergang an den Ortsausgang auch zu einem weiteren Spaziergang in seine Vergangenheit.

Als die Landstraße einen Knick Richtung Flensburg machte, zeigte Grete auf die andere Straßenseite. »Jetzt bist du fast wieder zu Hause.«

Jensens Maschinenstation gab es zwar nicht mehr, die Bauten wurden jedoch weiterhin für den Vertrieb landwirtschaftlicher Nutzfahrzeuge genutzt. Der Parkplatz glich immer noch jenem, auf dem Gregers und der junge Jens Peter mit Brenngläsern ihre Namen in trockene Holzstücke eingebrannt hatten. So lange her und doch so lebendig schien ihm die Kindheit.

Grete spürte wohl seine Gefühle. Sie legte ihm den Arm um die Hüfte.

Kurz darauf kamen sie am Hotel an, das ursprünglich der örtliche Gutshof gewesen war. Vor dem historischen Portal standen durchweg teure Limousinen. Das Nummernschild eines schweren Mercedes erkannte Jensen gleich wieder. Es war derselbe Wagen, den er gestern schon auf dem Parkplatz vor dem Einkaufszentrum Ulsnæs bemerkt hatte.

Eine zuvorkommende Bedienung führte sie in den stilvoll eingerichteten Speisesaal. Das Geschirr war auf langen weißen Tischdecken gedeckt. Der Ober empfahl als Aperitif einen Champagnercocktail, der Jensens Entschluss rechtfertigte, das Auto bei Inge stehengelassen zu haben.

Er hatte Glück gehabt, überhaupt noch einen Tisch reservieren zu können. Im Hotel herrschte Hochbetrieb. Die erstklassige Lage spielte sicherlich eine Rolle.

Von ihrem Fensterplatz aus hatte man eine großartige Sicht über den Golfpark. Das Gras hätte grüner nicht sein können und die Förde nicht blauer. Als Vorspeise bestellten sie Krabben, Wachteln als Hauptgericht, und Grete lobte das Essen.

»Es ist beinahe so lecker wie bei dir«, bestätigte Jensen.

Um alles auf der Welt wollte er die gute Stimmung erhalten. Kein Wort über die Tat oder den Täter, ermahnte er sich. Zumindest jetzt nicht.

Morgen würde er einen neuen Vorstoß wagen, Ottos Treiben in der Mordnacht zu entlarven. Wenn er erst klare Beweise geschaffen hätte, würde Grete einsehen, dass er seinem siebten Sinn zurecht gefolgt war.

An diesem Abend sonnte er sich in ihrem Lächeln.

Auch die Kellner bemerkten ihre Ausstrahlung und schenkten ihr selbst in dem vollen Lokal ihre besondere Aufmerksamkeit.

»Hinter dir. Nicht hinsehen. Das ist Zederhagen«, flüsterte sie plötzlich.

Jensen war in Überwachungen zu geübt, um sich gleich umzudrehen. Das brauchte er auch gar nicht. Im Spiegel der Bar hatte er schon den kräftigen Mann entdeckt, der sich ihnen näherte. Schwarzes Haar, wahrscheinlich gefärbt, und Seitenscheitel. Jensen schätzte ihn auf Ende vierzig.

»Ihm gehört das Hotel«, erklärte Grete noch, ohne ihre Lippen zu bewegen.

Im nächsten Augenblick verneigte Zederhagen sich vor ihr. »Ich möchte mich nicht aufdrängen. Gestatte mir nur bitte, dir wegen Gregers mein tiefes Beileid auszusprechen.«

Jensens kurze Haare sträubten sich. Irgendetwas an dem Mann erinnerte ihn an den Bestatter von der Beerdigung seines Vaters. Wie der beherrschte Zederhagen anscheinend die Kunst, auf Kommando eine Träne hervorzulocken, die er sich diskret vom Augenlid wischte.

Grete machte die Männer miteinander bekannt.

Jensen bemerkte, dass sie ihn nicht als ihren Freund, sondern als den von Gregers präsentierte, was ihn ein wenig schmerzte, obgleich er es vernünftig fand.

»Auch dir mein Beileid«, sagte Zederhagen. »Ich habe Gregers nur kurz gekannt, ihn aber sehr schätzen gelernt. Auf sein Wort konnte man sich verlassen. Gregers hatte einen starken Charakter.«

»Er war ein Mann mit Prinzipien«, kam es von Grete.

»Nicht zuletzt was seine Besitzungen betraf.« Zederhagen wandte sich wieder Jensen zu. »Du weißt sicherlich, dass ich an seinem Bauland interessiert war.«

»An seinen Feldern«, berichtigte Grete.

»An den bisherigen Feldern, ja.« Zederhagen widmete ihr ein betrübtes Lächeln. »Ich habe ihm ein Angebot gemacht, das er eigentlich nicht hätte abschlagen können. Und mich dann doch getäuscht.«

Er gab sich kultiviert, etwas altmodisch, was vielleicht an seinem deutschen Akzent lag.

»Für Gregers waren die Felder mehr als nur Bauland«, sagte Grete schroff.

Der Hoteldirektor deutete eine Verbeugung an. »Sehr wohl. Ich hoffe, alles entspricht euren Wünschen?«

»Das Essen ist vortrefflich.«

Er lächelte. »Immer zu Diensten.«

»Und du wohnst hier im Hotel?« Die Frage war an Jensen gerichtet.

»Leider nicht. Ich bin bei Inges Bed & Breakfast glücklich.«

»Inge ist eine tüchtige Frau. Ich habe ihr eine gute Stellung angeboten, aber sie zog ihre Selbstständigkeit vor.« Zederhagen machte aus seinem Bedauern keinen Hehl. »Ich wünsche euch weiterhin einen schönen Abend.«

Formvollendet setzte er seine Runde durch das Lokal fort. Grüßte hier, nickte dort und wechselte an einem weiteren Tisch vertrauliche Bemerkungen.

Im selben Augenblick, als Jensen ihn im Profil sah, verschwand jeder Zweifel.

Es war Zederhagen gewesen, mit dem sich Otto am Tag zuvor im Mercedes hinter den getönten Scheiben getroffen hatte.

*

Zederhagen hatte Gregers als einen Mann mit Prinzipien bezeichnet. Um den Neffen war es möglicherweise anders bestellt. Auch wenn der Hoteldirektor Otto mit keinem Wort erwähnt hatte, deutete vieles darauf hin, dass Otto schon am Todestag seines Onkels Verkaufsverhandlungen geführt hatte.

Gretes vielsagender Blick holte Jensen aus seinen Gedanken. Sie schien zu wissen, woran er dachte.

»Auf Otto wartet jetzt ein großer Gewinn, weil Gregers tot ist«, sagte sie. »Aber auf Zederhagen auch.«

Natürlich hatte sie recht. Auch Zederhagen würde von den Feldern profitieren, wenn er sie erst in den Händen hätte. Davon konnte man ausgehen. Zederhagen war Geschäftsmann durch und durch.

»Sein Alibi musst du unbedingt untersuchen«, sagte Grete.

Fast schien es Jensen, als hieße sie endlich seinen Eifer gut, den tödlichen Brand aufzuklären. Oder sie war froh, Zederhagen im Spiel zu wissen.

Viel Arbeit lag noch vor ihm, das wusste er schon.

Grete erhob ihr Glas.

»Prosit! Du vergisst ganz das Trinken.«

*

Er verspürte immer noch den Geschmack von Gretes Lippen, als er wieder zuhause auf dem Balkon saß. In seinen Ohren rauschte es von dem Wein, den sie später zur Musik getrunken hatten. Ein Quartett hatte zum Tanz aufgespielt: Klavier, Bass, Klarinette und Sängerin.

Zu seiner Überraschung hatten seine Füße sich immer noch an die Schritte erinnert, als er den ersten vorsichtigen Walzer mit Grete tanzte. Er hatte schon lange nicht mehr getanzt. Mit Grete nur das einzige Mal – im Dunkeln als Teenager – aber mitten in der Melodie hatte er sie an diesem Abend fester in die Arme gezogen.

Als sie den gemeinsamen Rhythmus erst gefunden hatten, war es nur natürlich gewesen, sich unter die anderen Paare zu mischen. Selbst die Trauer über Gregers' Tod verschwand für kurze Zeit in den Hintergrund.

Gleichzeitig aber wussten beide, dass dies kein Abend für Ausschweifungen war. Nach zwei Tänzen hatte Grete sich bedankt, und schließlich waren sie aufgebrochen. Ein neuer arbeitsreicher Tag wartete.

»Es war schön Abend mit dir. Ich freue mich schon auf morgen.«

Diesmal war der Kuss vor ihrem Haus mehr gewesen als nur eine Parodie auf ihre Jugend.

Jetzt, nach Mitternacht, setzte er sich alleine auf den Balkon. Die Lampen in der Pension waren erloschen. Nur er fand keine Ruhe. Die Luft war sanft und lau. Irgendwo schnatterte eine müde Ente – vielleicht die Schnatterente Rasmus aus Halfdan Rasmussens Gedicht. Jensen lächelte. Dann wurde es wieder still, abgesehen von dem einen oder anderen Auto auf der Landstraße.

Beim Verlassen des Hotels hatte er aus der Rezeption eine Broschüre mitgenommen. Das Foto auf Seite 2 stellte Zederhagen als den perfekten Gastgeber dar: *Sehr geehrter Gast, herzlich willkommen –*

Die Nacht war hell. Trotzdem zündete Jensen die Kerze auf dem Tisch mit einem Streichholz aus der Schachtel an, die Inge bereitgelegt hatte. Er setzte sich seine Lesebrille auf und sah sich den Mann auf dem Bild genauer an.

Zederhagen war für seinen Geschmack zu glatt. All die zur Schau getragene Wertschätzung von Gregers' Charakter und Prinzipien erschienen Jensen wie ein Spiel für die Galerie.

Im Nachhinein spürte er sein Unbehagen über die Trauer wieder, die der Hoteldirektor angesichts Gregers' Tod bei der Hand gehabt hatte. Es ging Zederhagen doch nur um die Felder als Bauland, und die waren ihm seit gestern zum Greifen nah gewesen.

Das machte ihn natürlich weder zum Mörder, Psychopathen noch Brandstifter, aber Grete hatte schon recht. Das Alibi des Hoteldirektors war auch eine gründliche Untersuchung wert.

Ein wenig kühlte die Luft nun doch ab. Ein feiner Nebelschleier schwebte über Inges Garten. Nach Regen sah es zwar nicht aus, aber ganz knochentrocken wurde die Luft in diesem küstennahen Gebiet nur selten. Endlich fühlte er sich doch schläfrig und pustete die Kerze sorgfältig wieder aus. Er sorgte dafür, dass der Docht nicht mehr glühte, bevor er die Streichhölzer und die Brille auf die Fensterbank legte und sich dann die Zähne putzte.

Normalerweise las er noch ein wenig im Bett. In dieser Nacht hatte er kaum sein mitgebrachtes Buch herausgeholt, als ihm schon die Augen zufielen.

Grete folgte ihm in den Schlaf. Sie tanzten zusammen, tranken Wein und lachten. Aber immer war da auch dieser ernste Unterton. Gregers war im Feuer gestorben, und selbst im Traum verspürte Jensen den verbrannten Geruch.

Er hatte tief geschlafen. Jetzt öffnete er das eine Auge. Die Sonne war über das Geländer des Balkons geklettert. Ihre Strahlen fielen durch das Fenster, das eigentlich die Gardinen hätten bedecken müssen –

Jensen sprang aus dem Bett.

Die Gardinen standen in Flammen.

Kapitel 7

Er riss die Tagesdecke vom Sessel und schlug auf die Flammen ein.

Bei der Polizei hatte Jensen gelernt mit einem kleineren Brand umzugehen. Dieser war auch schnell erstickt. Der Rauch war durch die angelehnte Balkontür ins Freie gezogen. Er riss sie ganz auf.

An der Zimmerdecke über dem Fenster war ein schwarzer Fleck. Sonst war zum Glück nichts beschädigt. Die Streichholzschachtel auf der Fensterbank war fast verbrannt. Nur ein Zipfel des *Tordenskjold*-Logos ließ sich noch erkennen.

»Sicherheitsstreichhölzer« stand ganz harmlos darunter – normalerweise zu Recht. Jensen hatte noch nie davon gehört, dass Tordenskjold-Streichhölzer sich selbst entzündet hätten.

Andere Erklärungen waren ebenso unwirklich. Es gab keine elektrischen Anschlüsse in der Nähe des Fensters, und die Kerze stand auf dem Balkontisch, an dem er in der vergangenen Nacht gesessen hatte. Bevor er ins Bett ging, hatte er sorgfältig die Flamme und die letzte Glut am Docht gelöscht.

Ein Verdacht schlich sich ein. Es war sicherlich kein Geheimnis im Dorf, dass er über Gregers' Tod auf eigene Faust ermittelte. Madsen hatte ihn aufgefordert, sich nicht einzumischen. Otto fühlte sich bedroht, und noch gestern

Abend hatte Zederhagen ein auffallendes Interesse daran gezeigt, wo er übernachtete.

Alle drei hatten ihre Gründe – vielleicht nicht ihn zu töten, aber doch aus dem Ort zu verscheuchen.

Er ging auf den Balkon und sah nach unten über das Geländer. Ein geschickter Kletterdieb hätte nur eine Leiter benötigt, aber Jensen sah weder Spuren noch irgendwelche Leitern.

Der Garten und der junge Morgen strahlten Frieden aus. Die Vögel sangen. Reste des nächtlichen Nebels glitzerten als Tau, wo das Gras noch im Schatten der Buchen lag. Auf dem Balkon spürte er schon die Hitze des kommenden Tages. Keine Wolke zeigte sich am Himmel.

Auch kein Zeichen von Einbruch also. Ebenso wenig von Zeitzündern, Molotowcocktails oder brennbaren Flüssigkeiten, die man ihm im Schlaf im Zimmer hätte deponieren können.

Der Vergleich mit dem Brand in Gregers' Haus hätte nicht deutlicher sein können. In beiden Fällen schrien die Motive gen Himmel. Er glaubte nicht daran, dass Gregers' Tod ein Unglücksfall war. Und doch fehlten ihm die Beweise. Hier wie dort.

*

Als er noch einen letzten Blick in den Garten warf, begegneten ihm zwei erschrockene Augen. Ein Frühaufsteher unter Inges anderen Gästen gestikulierte Jensen zu.

»*Allt bra*?« Der Mann war in Jensen Alter, ging in Badelatschen durchs Gras und sprach schwedisch.

»Alles gut.« Jensen fühlte sich plötzlich entblößt in seinem saloppen Schlafanzug aus Shorts und dem übergroßen Baumwollhemd.

Seine Entwarnung war wohl nicht ganz überzeugend ausgefallen. »*Jag såg eld*«, setzte sein schwedischer Hausgenosse nach.

»*Eld*, ja. Das Feuer. Ist schon wieder aus. Gelöscht.« Jensen fand das schwedische Wort nicht.

Außerdem klingelte das Telefon. Es war Jesper von der Polizeistelle in Aarhus. »Du hast mich gestern nach Otto gefragt.«

»Und du hast mir erklärt, dass wir ohne Durchsuchungsbefehl keinen Zugriff zu den deutschen Telefongesellschaften haben.«

Das verheißungsvolle Schweigen am anderen Ende machte Jensen hellhörig. »Oder etwa doch?«

»Nicht direkt, aber ich habe etwas anderes aufgespürt.« Sein junger Kollege klang ein wenig stolz, und wie sich zeigte mit gutem Grund. »Ich habe das Ausschlussverfahren angewandt. Erinnerst du dich an Sammy?«

»Den jungen IT-Kometen bei TDC?«

»Er ist zwar nicht mehr bei TDC«, sagte Jesper, »hat aber noch einen heißen Draht, wenn du mich nur nicht nach pikanten Einzelheiten fragst. Wir wollen ihm für seine Hilfe keine Probleme bereiten.«

»Ich gelobe.« Manchmal musste man halt auch in seiner Branche seltsame Wege gehen, um ans Ziel zu gelangen.

»Er hat mir noch den kleinen Gefallen geschuldet, nach dem du gestern gefragt hast. Und hier ist das Ergebnis: Ottos Telefon war während der ganzen betreffenden Nacht im dänischen Sendenetz eingespeichert. Der Sendemast hat ihn um 21 Uhr 58 auf seiner Adresse in Sønderborg geortet, und da ist er bis zum nächsten Tag um 11 Uhr 21 geblieben.«

»Oh!«

»Es tut mir leid, dich enttäuschen zu müssen. Aber nach Adam Riese kann er nicht gleichzeitig in Rinkenæs gewesen sein. Jedenfalls nicht mit diesem Handy.«

»Ich verstehe.« Jensen konnte seine Enttäuschung nur schwer verbergen. Er musste die Reaktion falsch gedeutet haben, als Otto nach dem Gespräch über elektronische Spuren gleich an sein Handy gestürzt war.

»Und deshalb kann er Gregers' Haus nicht angezündet haben«, setzte sein Kollege noch nach. »Es sei denn, er hätte einen Zeitzünder benutzt.«

Den die Techniker sicher gefunden hätten, dachte Jensen. »Jedenfalls vielen Dank für deine Hilfe. Und das noch so früh an einem Sonntag!«

»Gerne geschehen.« Jesper lachte. »Ich wollte das doch nicht auf die lange Bank schieben, zumal du morgen wieder aus den Ferien kommst.«

Ach ja, schon morgen. Die Erkenntnis traf Jensen mit der Gewalt eines Vorschlaghammers. Seit seiner Ankunft war die Zeit verflogen, die Ferien fast schon vorbei. Und er stand da – mit zwei unaufgeklärten Bränden im Gepäck.

Es sah nach einem weiteren blendenden Tag aus. Seine Brille auf der Fensterbank bündelte die scharfen Sonnenstrahlen. Wie durch ein Wunder hatte sie die Flammen überlebt. Nur ein wenig Asche war auf sie gerieselt.

Er griff danach und putzte die Gläser. Und erstarrte mitten in der Bewegung. Das Muster, das die Brillengläser auf den Fensterrahmen geworfen hatten! Plötzlich wusste er, was geschehen war.

»Ein Zeitzünder«, hatte Jesper gesagt und damit den Nagel auf den Kopf getroffen, ohne es selbst zu wissen.

*

Sein erster Gedanke galt Grete, aber ein Klopfen an der Tür riss ihn aus allen Wolken. »Jensen? Lebst du noch?« Das war Inge.

»Keine Panik.« Er öffnete ihr.

Inge hielt einen Eimer Wasser in der einen Hand, in der anderen hielt sie ihr Handy. Sie war außer Atem. »Gustafsson sagt, bei dir brennt es?«

»Inzwischen nicht mehr.«

Ihr Blick fiel auf die halbe Gardine.

»Ich komme natürlich für den Schaden auf.«

Sie inspizierte einen Moment das Zimmer. Dann winkte sie ab. »*Sinne mæ æ vinne.*«

Jensen unterdrückte ein Lächeln. Im hektischeren Aarhus hatte er die nordschleswigsche Version des ›Hakuna matata‹ fast vergessen: Immer ruhig mit den jungen Pferden. Zum Glück waren sie ja hier in Rinkenæs, wo man nicht gleich in die Luft ging wie das HB-Männchen in den deutschen Zigarettenreklamen seiner Jugend. Oder irgendwo im feurigen Ausland, wo die Wirtin gleich ausgeflippt wäre.

Inges Finger glitt durch die Asche auf der Fensterbank. »Schon alles ganz kalt. Dich könnten wir bei der Freiwilligen Feuerwehr gebrauchen.« Endlich steckte sie auch ihr Handy in die Schürzentasche. »Was ist eigentlich passiert?«

»Die Kerze ist mir umgekippt.« Er gab ihr die erstbeste Erklärung, die ihm einfiel.

Den wirklichen Grund schuldete er Grete. Je früher, je besser. Jensen trat von einem Fuß auf den anderen, aber Inges besonnene Art verpflichtete auch ihn. Er konnte nicht einfach türmen, während sie noch ihre Untersuchungen anstellte. Inges Blick ging nach oben. »Der Rauchmelder ist gar nicht angesprungen.«

»Ich bin ihm wohl zuvorgekommen.«

»Ich teste ihn besser.« Sie zog sich die Holzschuhe aus, den Stuhl unter den Alarm an der Decke.

»Lass mich das doch machen.«

Aber Inge war schon hochgestiegen und streckte die Hand aus. Kaum hatte sie den Testknopf aktiviert, kreischte es ihnen auch schon in den Ohren.

»Funktioniert.« Sie drückte den Knopf wieder ein, und der Lärm verstummte.

Dafür näherten sich Schritte auf dem Gang. Eine Dänin steckte den Kopf zur offenen Tür hinein. »War das ein Alarm oder nur eine Übung?«

»Nur eine Übung.« Inge kletterte auf den Fußboden zurück.

Während die Frau Inges Antwort an andere Zimmernachbarn weitergab, die sich hinter ihrem Rücken versammelt hatten, wurde Jensen ungeduldig. »Ich habe gleich eine Verabredung. Was die Erstattung angeht ...«

»... lassen wir das unsere Versicherungen unter sich ausmachen. Du bist ja schließlich kein Fremder, der sich still und heimlich aus dem Staub macht.« Sie musterte ihn und kicherte. »Schon gar nicht in der Aufmachung. Während du dich anziehst, kümmere ich mich besser ums Frühstück.«

*

»Willst du nichts essen?« Inge hatte sich die Haare aufgesteckt und die Ärmel hochgekrempelt, als er kurz darauf die Treppe hinabsprang.

Der Frühstückstisch bog sich wie immer unter der verführerischen Auswahl, aber diesmal ließ Jensen sich nicht aufhalten. Er hatte sich mit einer kurzen Dusche begnügt, Zähne geputzt und rasiert.

»Keine Zeit. Grete erwartet mich.« Die Höflichkeit hatte es geboten, Inge von dem angesengten Zimmer zu beichten, aber jetzt hielten ihn keine zehn Pferde mehr.

Zwei Minuten später klingelte er bei Grete Sturm. Sie öffnete ihm im Morgenmantel.

Vor Aufregung verpasst er eine Guten-Morgen-Umarmung. »In meinem Zimmer hat es gebrannt«, schnaufte er.

»Oh nein! Bist du verletzt?«

Darum ging es nicht. »Die Brandstiftung ...«

Sie hielt sich die Hand vor den Mund: »Du glaubst doch nicht etwa, dass Otto schon wieder am Werk war?«

»Nein, nein.« Langsam bekam er den Atem wieder. »Diesmal war ich es selbst.«

Sie sah ihn schräg an. »Wie gut, dass ich dir nicht mein Gästezimmer angeboten hatte.«

*

»Dein Gästezimmer?« Jensen ließ den Unterkiefer hängen.

»Welchen Kurzschluss hast du denn diesmal verursacht?«, fragte Grete.

Aber so hing es ja gar nicht zusammen. Die Brandstiftung in seinem Zimmer hatte nichts mit defekten Stromkabeln zu tun, und die bei Gregers wahrscheinlich auch nicht.

Als es jetzt um eine technische Aufklärung ging, fand er seine Stimme wieder. »Als ich heute Nacht ins Bett ging, habe ich meine Brille auf der Fensterbank liegen lassen. Es war dunkel, und ich dachte nicht weiter darüber nach. Aber heute Morgen, als die Sonne aufging, sah alles anders aus. Genau wie hier.«

Er ging zum Küchenfenster, drehte einen gläsernen Teelichthalter um und stellte ihn so auf die Fensterbank, dass er seine Brille passend drauflegen konnte. Er war weitsichtig – altersbedingt, wie Optiker Juel in Aarhus es augenzwinkernd nannte. Deshalb bündelten die Brillengläser die Sonnenstrahlen.

»Siehst du, was geschieht?« Er nahm die gestrige Tageszeitung vom Küchentisch und hielt sie in einem passenden Abstand zur Brille.

Das Licht des Glases traf die Vorderseite mit einem scharfen kleinen Punkt. »Genau, wie wir es gestern bei Otto auf den Fotos gesehen haben«, sagte er. »Nur, dass jetzt die Brille als Brennglas funktioniert.«

»Ich sehe nichts brennen.«

»Papier ist vielleicht schwerer entzündbar. Hast du Streichhölzer im Haus?«

Grete zögerte, nahm aber doch eine Schachtel aus der Schublade.

»Jetzt müssen wir mal rechnen«, sagte er. »Um die Hölzer zu entzünden, müssen die Sonnenstrahlen sie im richtigen Winkel treffen.«

Er öffnete die Schachtel und schob sie hin und her. Man musste den Zeitfaktor einkalkulieren. In Kürze, wenn die Sonne nach Süden wanderte und gleichzeitig am Himmel höher stieg, würde sich der Punkt umgekehrt nach unten bewegen und die Schwefelköpfe treffen.

Grete kleidete sich in der Zwischenzeit an. Sie trug jetzt Jeans und eine karierte Bluse. »Ich habe mich nachher mit Otto in Sønderborg verabredet. Die Autopsie ist abgeschlossen.«

»Das sagst du mir so ganz nebenbei?«

»Sie hat ja keine neuen Erkenntnisse gebracht. Gregers ist an Rauchvergiftung gestorben. Wir müssen jetzt die Beerdigung vorbereiten. Ich habe allerdings noch nicht gefrühstückt. Du?«

Er schüttelte den Kopf.

»Kann ich dich einladen, oder wartest du lieber hier am Fenster auf dein Wunder?«

»Frühstück wäre schön.« Irgendwie konnte er sich nur nicht von seiner Installation in der Fensterbank losreißen.

Sie spannte den Sonnenschirm auf, wärmte einige Brötchen im Ofen und stellte Käse, Butter und Marmelade auf den Tisch. »Jetzt fackelst du hoffentlich nicht die ganze Bude ab«, sagte sie im Vorbeigehen. »Der Eigentumswert ist in diesem Landesteil ohnehin nicht sehr hoch.«

Er hörte sehr wohl, dass sie ihn neckte. Sie glaubte offenbar nicht an seine Theorie. Aber wer zuletzt lachte, lachte am besten.

Das Beisammensein über Brötchen und Kaffee mit ihr hätte nicht schöner sein können. Es fühlte sich richtig an. Bis irgendetwas im Haus summte und Grete hineinging.

Jensen hörte sie in der Küche mit jemandem sprechen. Kurz darauf kam sie mit einem iPad in den Garten zurück. »Ja, er ist hier. Möchtet ihr mit ihm sprechen?«

Jensen runzelte die Stirn.

»Deine Enkelinnen.« Sie drehte ihm den iPad hin.

Im Schatten des Sonnenschirms konnte er auf dem Bildschirm Kir und Line erkennen.

Sie kicherten in die Kamera. »Hallo, Opa!«

»Hallo, ihr beiden.«

Die beiden Dreijährigen waren einander wie aus dem Gesicht geschnitten. Beide schoben sich vor, um ihm am nächsten zu sein.

»Was machst du gerade?«, fragte Line.

»Er trinkt Kaffee«, sagte Kir.

»Grete ist nett«, sagte Line.

»Sie hat auch schon mit Mutti gesprochen«, sagte Kir. »Wie es dir wohl geht.«

Jensen räusperte sich. »Und wie geht es euch?«

»Wir haben schon ein Geschenk für dich«, sagte Kir.

»Das ist doch ein Geheimnis«, sagte Line.

»Vergisst er doch wieder.«

»So, ihr beiden. Lasst mich mal.« Christine nahm ihren Töchtern die Kamera aus der Hand. »Gut siehst du aus«, sagte sie zu Jensen. »Grete hat mir schon von deinem Eifer erzählt, Chrinkenæs geradezubiegen. Ich verstehe jetzt, warum dir das so wichtig ist.«

Jensen sah Grete hinterher, die wie zufällig damit begonnen hatte, Geschirr und Bestecke zusammenzustellen.

»Ich muss bald fahren«, flüsterte sie ihm über die Schulter zu.

Er nahm es als willkommenen Anlass, das Gespräch zu beenden. Irgendwie fand er es zu privat, in Gretes Garten mit seiner Familie zu sprechen.

»Ich habe jetzt zu tun, Christine.«

»Aha! Womit?« Da war die angeborene Neugier seiner Tochter schon wieder.

Eine nähere Erklärung blieb ihm erspart. Grete hatte einen Schrei der Überraschung ausgestoßen.

»Bis später, Christine!«

Jensen warf den iPad auf den Tisch und sprang auf. In der Fensterbank der Küche war eine Stichflamme aus der Streichholzschachtel geschossen. Kurz darauf schien sie zu explodieren.

Grete wollte sofort nach drinnen, aber Jensen hielt sie zurück. »Nicht anfassen! Lass mich das machen!«

Er nahm die brennende Schachtel mit bloßer Hand auf und hielt sie unter den Wasserhahn.

Selbst der Schmerz über die Brandblase konnte nicht seine Freude übertönen.

Er hatte den Beweis!

»Es funktioniert. So hat Otto das Haus angezündet. Er brauchte sein Alibi nicht zu verfälschen. Er musste nur am Abend vorher Gregers' Brille und eine Schachtel Streichhölzer zurechtlegen und darauf warten, dass die Sonne am nächsten Morgen aufgehen und für ihn die Arbeit machen würde.«

*

»Zuerst setzt du Himmel und Hölle in Bewegung, um Ottos Alibi zu zerpflücken«, sagte Grete, »aber als dir das nicht gelingt, spielt das Alibi plötzlich keine Rolle mehr. Gestatten: Wendehals?«

Jensen verzerrte das Gesicht zu einer schmerzvollen Grimasse. Sie tat Salbe auf die Brandwunde. Dann klebte sie ein Pflaster darüber.

»Ich bin klüger geworden«, gab er zu. »Das Alibi hat tatsächlich keine Bedeutung mehr.«

»Aha.«

»Otto hatte schon eine Pointe. *Means, motive and opportunity*. Methode, Motiv und Gelegenheit. Sein Motiv, Gregers zu töten, hat er schon zugegeben. Bisher kannten wir nur seine Methode nicht. Jetzt aber wohl. Eine Brille und eine Schachtel Streichhölzer – und schwupp, hast du einen Low-Tech-Zeitzünder.«

»Es kann immer noch ein Unglück gewesen sein. Genau wie heute Morgen bei dir.«

»Stimmt«, gab Jensen zu. Aber all das änderte nichts an seinem komischen Gefühl. Otto hatte keine weiße Weste, war er sich immer noch sicher. »Irgendetwas hat er auf dem Gewissen.«

»Den Tod von Gregers?« Grete schraubte den Deckel der Salbe zu, legte den Rest des Pflasters in die Schublade und lehnte ihre Hüfte gegen den Küchentisch. Sie verschränkte ihre Arme und sah ihn mit einer Mischung aus Missbilligung, mütterlicher Fürsorge und noch etwas anderem an, das er nicht zu deuten vermochte. »Und in die Aufklärung hat sich der Polizeibeamte Jensen verbissen?«

Er spürte einen schweren Stein in der Magengegend. Eine Zeit lang waren sie gemeinsam auf die Jagd gegangen. Jetzt verwandelte sich die Jagd wieder zu seinem Alleingang.

»Ich habe noch nie einen zielbewussteren Mann getroffen als dich«, sagte sie. »Manchmal wünsche ich mir, du hättest mich zum Ziel genommen.«

»Ich ...«, sagte Jensen.

Sie schob sich vom Tisch ab.

Als er schon glaubte, sie wollte ihn alleine zurücklassen, beugte sie sich vor und küsste ihn auf den Mund. Ihre Lippen waren weich, aber diesmal spürte er ihre Zunge. Er spürte sie bis in den Körper hinein.

»Jetzt habe ich zum dritten Mal die Initiative ergriffen. Beim nächsten Mal bist du dran.«

Damit war die Sache offenbar geklärt, jedenfalls für sie.

Grete setzte sich ihm gegenüber an den Tisch. So verliebt, wie sie gerade noch ausgesehen hatte, wirkte sie jetzt gedankenvoll. »Verstehst du eigentlich mein Dilemma?«

»Du möchtest Otto keine Probleme bereiten, weil er dir so nahesteht?«

Sie schüttelte den Kopf.

»Sieh dir mal die Geschichte aus meiner Warte an. Beziehungsweise der Warte meiner Nachbarn. Die ahnen doch sehr genau, dass es hier um viel Geld geht. Wenn ich Otto ohne stechenden Beweis beschuldige, stehe ich am Ende nur als rachsüchtig da.«

»Das täte mir natürlich leid.«

»Lieber wäre mir, du ließest es gar nicht so weit kommen.«

»Abgemacht. Eine öffentliche Beschuldigung kommt gar nicht infrage.« Er stand auf. »So lange wir den stichfesten Beweis nicht haben, bleibt alles unter uns.«

*

»Weshalb glaubst du nicht mehr, dass es Zederhagen war?«, fragte Grete. »Hatten wir uns nicht eigentlich darüber geeinigt, dass er ebenso von Gregers' Tod profitiert wie Otto?«

Sie fuhren wieder gemeinsam nach Sønderborg, aber diesmal in seinem Auto. Grete war eine hervorragende Fahrerin, aber er spürte mal wieder das Steuer in den Händen und den Fuß am Gaspedal.

»Der Unterschied ist, dass Zederhagen Gregers nicht an dem Abend vor dem Brand besucht hat. Otto hingegen schon. Er hatte nicht nur das Motiv und die Methode, er hatte auch die beste Gelegenheit, eine Brille so zu legen, dass sie sich bei Sonnenaufgang in ein Brennglas verwandelte. Gregers benutzte doch eine Brille?«

»Sowohl Brille als auch Lupe«, sagte Grete, »wenn er seine Briefmarken studierte.«

»Ich wusste nicht, dass er Briefmarken sammelte.«

Es gab so viel, was Jensen in seinem selbst gewählten Exil Aarhus nicht gewusst hatte.

»Die Sammlung stammte noch von seinem Onkel Thorwald. Otto hätte sie erben sollen.« Grete zuckte mit den Schultern. »Aber jetzt ist sie sicherlich mit verbrannt.«

»Wie ärgerlich.« Jensen nickte abwesend. Im Stillen beschäftigte er sich schon wieder mit den handgreiflichen Umständen des Anschlages. Die nötigen Voraussetzungen waren gegeben. »Das Büro wendet nach Osten. Weißt du noch, wie es nach unserem ersten Strandspaziergang abends im Schatten lag? Morgens muss die Sonne direkt einfallen.«

Grete hatte ihm die Hand auf den Ellenbogen gelegt, jetzt zog sie sie zurück und lehnte sie sich gegen ihre Nackenstütze.

Sein Auto besaß kein Schiebedach, aber sie drehte die Scheibe herunter, und der Fahrtwind spielte mit ihrem Haar.

Wenn ihr gemeinsames Abenteuer hinter ihm lag, und er wieder in Aarhus wohnte, würde er sich so an sie erinnern, wie sie hier an seiner Seite saß.

»Wie willst du denn den stichfesten Beweis herbeischaffen, den du mir versprochen hast?«, fragte sie.

Ganz druckreif war sein Plan noch nicht, aber eine Strategie schwebte ihm schon vor. »Ich ahne, woher er die Idee mit dem Brennglas hatte. Vielleicht können wir ihn dazu bluffen, einen Fehler zu begehen.«

»Oh! Schon wieder?«

*

»Mojn?« Otto reagierte überrascht, als er sah, wer mit Grete vor der Tür stand. Er erinnerte sich bestimmt daran, wie Jensen ihm schon beim letzten Besuch eine Falle gestellt hatte.

Grete umarmte ihn mütterlich, und Jensen tat gleich sein Bestes, ihn von Anfang an zu entwaffnen.

»Keine Panik. Ich komme nur wegen der Fotos wieder, die du mir gestern gezeigt hast.« Während er sprach, merkte er sich jede kleine Bewegung in Ottos Gesicht. »Dürfte ich das Album noch mal sehen?« Er war sich sicher, dass Ottos Idee, ein Brennglas für die Brandstiftung zu benutzen, von dem Bild stammte, das Gregers und Jens Peter als Jungen zeigte. »Genauer gesagt das Foto mit den *Brenngläsern*?«

Die Worte hätten Otto erschrecken sollen, aber diesmal ging Jensens Bluff daneben. Gregers' Neffe zeigte kein Zeichen von Alarm, obgleich er die Stirn runzelte, als er sie in die Stube bat.

Ein PC summte auf dem Esstisch.

»Manchmal nehme ich Arbeit mit nach Hause. Das bringt ein wenig extra in die Kasse.«

Bevor die Millionen zu rollen beginnen, dachte Jensen für sich. Er konnte sich gut vorstellen, für wen Otto sie ausgeben würde.

Im Garten erhob Laura sich von ihrem Liegestuhl. Ihre Haut glänzte vor Sonnencreme, bemerkte Jensen, als Grete diskret hüstelte und er wegsah, während Laura sich einen Bademantel überwarf.

Laura kam an die Terrassentür. »Guten Tahg«, sagte sie gedehnt. »Gibt es Neues?«

Am Anfang hatte ihr Rigsdansk in Jensen Erinnerungen an Lise wachgerufen, aber die Unterschiede wurden immer deutlicher. Grete war hübsch gewesen und hatte sich stilvoll gekleidet, aber nie herausfordernd. Anspruchsvoll war sie auch nicht gewesen. Zumal finanziell nicht. Sonst hätte sie nie einen Polizisten geheiratet.

In Laura vermutete er andere Ansprüche. Die goldene Halskette konnte nicht billig gewesen sein. Der Diamant an ihrem Finger ließ sich auf Abstand nicht prüfen, aber er machte sich schon Gedanken über das kleine Vermögen, das er gekostet haben mochte.

Otto entließ sie mit einem schnellen Kuss wieder in den Garten. »Wir haben Formalitäten zu besprechen. Du brauchst dich nicht mit uns zu langweilen.«

Jensen sah ihr nach, wie sie den Bademantel fallen ließ und sich graziös wieder in die Sonne legte.

Währenddessen bot Otto Grete einen Stuhl an. Jensen rückte sich selbst einen zurecht, während der junge Mann ihnen beiden Kaffee einschenkte.

Das Fotoalbum öffnete sich fast wie von allein bei den Mittelseiten. Andere mussten auch kürzlich das Bild der beiden Jungen angeschaut haben. Was Jensen in seinem Verdacht bestärkte.

Nur der Beweis fehlte. Er bekam ihn auch jetzt nicht, denn Ottos Gesicht veränderte sich zusehends. Es war, als habe er einen Entschluss gefasst.

»Ich weiß nicht, was hier vorgeht«, sagte er, »aber irgendetwas führst du doch schon wieder im Schilde.«

Jensen spielte unwissend.

»Ich bin geduldig mit dir gewesen«, sagte Otto, »und habe dein Misstrauen mit Humor gekontert. Bevor du aber behauptest, ich hätte mithilfe eines Brennglases Onkel Gregers' Haus angezündet, will ich euch etwas sagen.«

Seine Augen wurden zu schmalen Schlitzen, als er sie auf Grete richtete. »Jedes Mal, wenn ich Onkel Gregers besuchte, lag seine Briefmarkensammlung auf dem Schreibtisch.«

»Die ist sicherlich verbrannt«, sagte sie bedrückt.

»Verbrannt, ja. Sicherlich –« Otto sprach jetzt sehr langsam. Provozierend langsam. »Komischerweise ist es nur so, dass ich sie gerade am letzten Abend nicht gesehen habe. Und es war eine sehr wertvolle Sammlung.«

»Komisch –«

Otto war die Unschuld selbst: »Du kannst sie wohl nicht zufällig genommen haben?«

Oberflächlich wirkte die Frage ganz natürlich, aber Jensen hörte deutlich die Beschuldigung heraus.

Das tat Grete anscheinend auch. Ottos Ton gab den Ausschlag. Sie, die ihn immer verteidigt hatte, erstarrte. »Ich habe seine Briefmarkensammlung nicht gestohlen.«

»Jemand hat sie sich unter den Nagel gerissen.« Otto hielt an seiner Behauptung fest. »Anstatt mich zu verdächtigen, solltet ihr lieber nach ihm fahnden.« Er täuschte Grete ein Lächeln vor. »Oder nach ihr.«

Kapitel 8

Gretes Temperament war zwar auch in den vergangenen Tagen aufgeblitzt, aber so weißglühend vor Wut hatte Jensen sie nicht gesehen, seit die Schuljungen an ihren Zöpfen gezogen hatten. Er selbst war nie so tollkühn gewesen, das zu versuchen. Aus gutem Grund nicht.

»Was fällt ihm ein, mir einen Diebstahl unterzuschieben?«, sagte sie, als er ihr die Tür des Peugeots öffnete. »Natürlich habe ich die Briefmarken nicht geklaut, und wenn der glaubt, mich provozieren zu können, täuscht er sich!«

Nach Jensens Meinung war es Otto großartig gelungen, sie zu provozieren. Und auch ihn, obgleich er versuchte, einen klaren Kopf zu behalten. Hinter der Anschuldigung musste eine Strategie stecken.

Die Gardinen hinter dem Küchenfenster bewegten sich. Gregers' Neffe beobachtete sie reichlich unverhohlen.

»Das war alles nur eine Finte von ihm.«

Jensen gönnte es Otto nicht, sich an Gretes Aufgebrachtheit zu ergötzen, sondern setzte sich schnell hinters Steuer und fuhr um die nächste Ecke.

»Otto weiß, dass wir seinen Trick mit dem Brennglas durchschaut haben. Jetzt brennt bei ihm die Hütte. Deshalb versucht er, uns zu verwirren. Die Briefmarken sind nur ein Ablenkungsmanöver.«

»Ich gebe ihm Ablenkungsmanöver!«, fauchte Grete.

Der Verbleib der Briefmarken war auch nur eine von mehreren unbeantworteten Fragen. Die jüngste war Jensen gerade erst eingefallen.

»Ich verstehe Folgendes nicht: Nachdem Otto das Brennglas schon am Vorabend so platziert hatte, dass der Sonnenaufgang das Haus von alleine anzündete, brauchte er zur Tatzeit doch gar nicht mehr vor Ort zu sein.«

»Guter Punkt.«

»Und deshalb verstehe ich nicht, warum er überhaupt so viel Wirbel um sein Alibi gemacht hat.«

»War er dazu nicht gezwungen? Um nicht sein Wissen um den Zündsatz zu verraten? Du hast versucht ihn in die Falle zu locken, und er hat es mit gleicher Münze zurückgezahlt.«

»Ja, schon –« Jensen hielt bei Rot an. Zeit, um sich noch mal alle Finessen zurechtzulegen.

Bluff kam zu Bluff. Sein Versuch, den jungen Mann zu überlisten, entwickelte sich zu einem gegenseitigen Schlagabtausch, den er selbst kaum noch durchschaute. Sie beide spielten mit gezinkten Karten – ein Spiel, das Otto offensichtlich beherrschte. Bis zu einer gewissen Grenze –

»Grün!« Grete zeigte auf die Ampel.

Jensen fuhr weiter. »Als Otto sein Telefon auf elektronische Eintragungen hin untersuchte, hat er nicht geblufft. Da hatte er wirklich Angst. Ich habe das in seinem Gesicht gelesen.«

Und in der hastigen Bewegung, mit der Otto versuchte, das iPhone hinter seinem Rücken zu verstecken.

»Ich habe Gregers immer gern gemocht.« Grete litt noch immer an ihrer Enttäuschung. »Und bisher hatte ich immer geglaubt, das wäre gegenseitig.«

Jensen nahm ihre Hand. Um sie herum schlängelte sich der Wochenendverkehr an den Düppeler Schanzen vorbei, aber diesmal hatte er keinen Blick dafür. »Wie war das noch mit dieser Heimkrankenschwester?«

»Bitten?«

»Das war der Name. Könnte sie die Briefmarken genommen haben?«

»Nicht, um sie zu stehlen. Dafür ist sie nicht der Typ.«

»Weißt du, wo sie wohnt?«

»In Rinkenæs am Lyshøj, dem Abhang an der Eisenbahn.«

Züge hielten in Rinkenæs nicht mehr an, aber der Bahnhof stand noch an seinem angestammten Platz unweit der Hauptstraße. Bitten wohnte nur einen Steinwurf entfernt in einer einstöckigen Villa aus gelben Mauersteinen. ›Bitten & Karl-Kristian Grau‹ stand am Postkasten.

Zwei Autos standen vor dem Haus: ein älterer Golf und ein matter Lieferwagen mit der Aufschrift ›Tischlerei Grau‹.

*

Die Heimkrankenschwester erwies sich als eine kleine Frau Anfang der Fünfziger. Ihre Augen lächelten zwar hinter der Brille, als sie ihnen die Tür öffnete, zeigten aber auch Mitgefühl.

»Wie furchtbar Gregers' Tod für dich sein muss, Grete!«

Grete reichte ihr schnell die Rosen, die sie unterwegs gekauft hatten.

»Wir möchten dir für deine Hilfe danken«, sagte sie. »Du hast dich so hingebungsvoll um Gregers gekümmert.«

»Ich habe doch nur meine Arbeit getan.«

»Wir sind dankbar dafür.«

Grete stellte ihr Jensen vor.

Bitten wusste sofort, wer er war. »Mein Onkel hat seine Mähdrescher immer bei deinem Vater gekauft. Und mein Vetter spielte mit deinem Bruder Fußball.« Sie schnupperte an den Rosen. »Ich werde eine Vase holen. Karl-Kristian sitzt in der Stube. Es gibt gute Neuigkeiten.«

Ihr Mann Karl-Kristian nickte ihnen von einem Lehnstuhl aus zu. Er saß auf einem Berg von Kissen vor dem Fernseher.

»Wir erwarten nachher den Krankenwagen«, sagte er. »Das Krankenhaus hat angerufen. Wegen einer anderen Absage.«

»Er kann morgen schon ein neues Hüftgelenk bekommen«, erklärte Bitten, die mit den Blumen in der Vase zurückkam. »Dann habe ich ihn endlich wieder aus dem Haus, und er kann seiner Arbeit nachgehen.«

Sie bat Grete und Jensen an den Esstisch, auf dem Kaffee und Kuchen standen.

Jensen brannte darauf, sie nach den Briefmarken zu fragen. Behutsam natürlich. Otto diente ihm dabei als schlechtes Beispiel. Auf keinen Fall konnte er sich erlauben, Bitten als Diebin abzustempeln.

Mehrmals nahm er einen Anlauf, kam aber nie zu Wort. Was die beiden Frauen alles zu besprechen hatten, oftmals gleichzeitig, war schon beachtlich: Das tödliche Feuer wich einer Verlobung im Ort, einer Scheidung, den kommunalen Plänen zu Wegarbeiten vor Gretes Friseursalon, der drohenden Schließung der Schule, wo Bittens Enkelkind nach den Sommerferien anfangen würde.

Ihr *Sønderjysk* gab dem Gespräch einen vertrauten Klang. Leider nahm es dem Gespräch auch seinen Zweck.

Jensen räusperte sich vergeblich. Grete legte ihm nur immer die Hand auf den Arm, wenn er versuchte, seine Frage nach Gregers' Briefmarken einzubringen.

Karl-Kristian saß indessen in die Tour de France vertieft vor dem Fernseher, als ginge ihn das alles nichts an. Auch als Jensen sich für ein Männergespräch auf *Sønderjysk* zu ihm gesellte, sah er kaum auf. Allmählich fühlte Jensen sich unbehaglich.

Ein IC4-Zug fuhr auf den Gleisen an der Rückseite des Gartens vorbei.

»Otto tut mir so leid«, sagte Bitten in der darauffolgenden Stille. Das Gespräch der beiden Frauen wurde persönlicher. »Er war immer ein so lieber Junge, aber seiner Partnerin, dieser Laura, traue ich nicht über den Weg. Das hat auch auf ihn abgefärbt. Alles ist plötzlich vom Feinsten.«

Aus den Augenwinkeln sah Jensen, wie Bitten den kleinen Finger spreizte. Er ging zum Regal, als interessierten ihn die Bücher.

»Neues Auto, neuer Anzug für ihn«, sagte Bitten, »Gold und Diamanten für sie. Das muss ein Vermögen gekostet haben. Da versteht man schon, wie angespannt er neuerdings wirkt. Seine Mutter konnte manchmal auch so aufbrausen. Du erinnerst dich doch an Astrid?«

Grete murmelte eine Zustimmung.

Bitten fuhr fort, aber Jensen hörte nicht länger hin. Ein in Leder gebundenes Briefmarkenalbum zog ihn in seinen Bann.

Am Tisch entstand Bewegung.

»Oh! Schön, dass du es gefunden hast.« Bitten war gleich bei ihm. Sie zog das Album heraus und gab es Grete. »Das hatte ich dir sowieso geben wollen.«

»Na, da bin ich froh.« Grete wog das Briefmarkenalbum in ihrer Hand. »Wir hatten schon alle befürchtet, es wäre bei dem Feuer zerstört worden.«

Sie wirkte genauso erleichtert wie überrumpelt, was Jensen sehr wohl verstand. So schnell konnte er Bitten nur nicht vom Haken lassen. Möglicherweise hatte Bitten Grete das Album ohnehin geben wollen. In dem Fall wunderte er sich nur, warum sie damit so lange gewartet hatte.

Bis er es zufällig selbst gefunden hatte. Wonach sie keine andere Wahl mehr gehabt hatte.

»Wie kommt das Album eigentlich hierher?«

Sein Ton musste wohl etwas schroff gewesen sein. Bitten wich zurück.

»Gregers hatte mich doch gebeten, es für ihn schätzen zu lassen.«

»Ach so?«

»Bei Hokkerup. Dem Philatelisten in Aabenraa. Ich hatte Gregers erzählt, dass ich da meinen Sohn besuchen wollte.« Sie runzelte die Stirn. »Stimmt etwas nicht?«

»Und das hast du gemacht?«

»Neulich war ich bei Hokkerup, ja. Ich habe Gregers gar nicht mehr davon erzählen können.« Sie schüttelte den Kopf. »Nicht, dass ich große Nachrichten mitgebracht hätte. Hokkerup war zwar interessiert, aber nicht vom Stuhl gerissen über die Sammlung. Ein Vermögen ist sie leider nicht wert.«

»Schade«, sagte Grete.

»Einer bestimmten Serie fehlte irgendeine Marke, um den ganz großen Wurf zu machen.« Sie nahm Grete das Album wieder ab und ging die Seiten durch. Die Briefmarken waren alle fein säuberlich hinter Zellophanstreifen gesteckt. »Hokkerup hat mir das erklärt. Die betreffende Marke ließe sich schon finden, aber am Ende habe ich weggehört. Ich wollte Gregers nicht noch in irgendwelche Geschäfte verwickeln. Er war doch schon am Ende seiner Kräfte.«

Sie gab die Suche nach der betreffenden Serie auf und gab Grete das Album zurück. »Ich finde sie jetzt gar nicht mehr.«

In seinem Lehnstuhl schraubte Karl-Kristian den Fernsehton lauter. Das Fahrradrennen näherte sich wohl seinem Höhepunkt.

»Diese ganze spezielle Marke hat Gregers also nie besessen?«, fragte Jensen.

»So!« Grete zog ihn am Ärmel. »Wir beide gehen jetzt besser. Wir haben euch schon viel zu lange aufgehalten. Ich drücke euch die Daumen, dass alles gut geht mit der Operation.«

»Dass alles gut geht«, rief sie auch Karl-Kristian zu, der als Antwort nur den Daumen in die Luft streckte.

»Komm jetzt.« Sie fasste Jensen unter. »Bevor du noch mehr Unfrieden stiftest«, zischte sie.

*

»Wie sprichst du eigentlich mit ihr?«, sagte Grete. »Bitten hat die Briefmarken ganz bestimmt nicht gestohlen. Sie ist die Ehrlichkeit in Person.«

Gleich nachdem sie sich von Gregers' ehemaliger Heimkrankenschwester verabschiedet hatten und ins Auto setzten, schlugen die Wogen schon wieder hoch.

»Ich habe sie doch nur gefragt, wie die Sammlung in ihr Haus kommt.«

Jensen wendete vor dem Haus und fuhr in den Lyshøj hinaus.

»Aber die Art, wie du gefragt hast! Nicht besser als Otto.«

Aus dem Fenster winkte Grete Bitten ein letztes Mal freundlich zu. Jensen gegenüber wurde sie deutlich. »Deinen Verdacht sieht doch ein Blinder mit Krückstock. Dich kostet das natürlich auch nichts, hier die Erde zu verbrennen. Für mich ist das nicht ganz so einfach. Deine Opfer sind meine Freunde.«

»Meine Opfer?«

»Und meine Kunden.«

»Entschuldige mal.« Am Bahnübergang senkte er das Tempo. »Ich verunglimpfe niemanden. Es gab einen Toten bei einem Brandanschlag. Und bei mir hat letzte Nacht auch die Bude gebrannt.«

»Weil du die Streichholzschachtel angezündet hast.«

Er ließ das Auto an die Hauptstraße hinabrollen.

»Gregers war vielleicht dein Verlobter – pro forma –, aber er war immerhin auch mein Freund. Soll ich das jetzt einfach vergessen?«

»Irgendwann musst du dich entscheiden. Hattest du nicht Otto zum Brandstifter erkoren? Ach nein, Zederhagen? Ich verliere langsam den Überblick über deine Theorien.«

»Du bist sarkastisch.«

»Bleibt mir etwas anderes übrig?« Grete kurbelte das Fenster ganz runter. »Am Ende verdächtigst du noch Bitten, das Haus angezündet zu haben, um die Spuren des Diebstahls zu vernichten, den sie gar nicht begangen hat.«

»Spuren? Mit der Idee ließe sich vielleicht arbeiten.«

»*Das* war jetzt ironisch gemeint.« Grete ächzte. »Du hast sie doch selbst gehört. Gregers hatte sie gebeten, die

Briefmarken schätzen zu lassen, und mehr ist an der Sache nicht dran.«

Jensen ging es um etwas anderes. »Mal angenommen ...«

Sie wendete ihre Augen gen Himmel.

»... jemand hätte die wertvollsten Stücke schon vor der Schätzung entfernt?«

An der Hauptstraße herrschte Verkehr. Während er einem Wohnmobil die Vorfahrt überließ, nahm in seinem Kopf ein Plan Form an. »Täte uns beiden zur Abwechslung eine kleine Pause gut?«

»Schön.« Sie verschränkte die Arme. »Willst du abreisen?«

»Nur für ein paar Stunden.«

Grete beäugte ihn misstrauisch, aber sie waren schon vor ihrem Haus angekommen. Er wendete den Wagen, sprang auf den Bürgersteig und öffnete ihr höflich die Tür. »Ich melde mich dann wieder.«

*

Grete schaute ihm hinterher, als Jensen alleine die Straße zurückfuhr. Verdutzt, wie ihm schien. Die beiden letzten Tage hindurch hatte er sich vorgestellt, wie er mit Grete gemeinsam die Sache zu Ende führen und den Mordbrand aufklären würde, aber vielleicht täte eine Pause zum Nachdenken tatsächlich mal gut.

An dem Mahnmal, der an den Anschluss Nordschleswigs an Dänemark 1920 erinnerte, hielt er an, um auf seinem Handy die Gelben Seiten zu befragen. Die Philatelie Hokkerup gab es in Aabenraa natürlich nur einmal. Sie war sonntags geschlossen, aber unter seiner privaten

Nummer nahm der Inhaber gleich ab. Als Jensen ihm sein Anliegen erklärte, lud er ihn zu sich ein.

Eine halbe Stunde betrug die Fahrzeit. Jensen wählte den kürzesten Weg über die Landstraßen Richtung Norden und kam wieder auf die alte Hauptstraße kurz vor dem Kraftwerk Ensted, dessen Schornstein man inzwischen abgerissen hatte. Als er ihn nach dem Abitur als Aushilfe mitgebaut hatte, war der Schornstein 180 Meter hoch gewesen.

»Hoffentlich leidest du nicht an Höhenangst.«

Über die Warnung des Abteilungsleiters, als er sich um die Arbeit beworben hatte, musste Jensen immer noch schmunzeln.

»Nein«, hatte er behauptet. Auf gut Glück, und irgendwie war er ja auch mit dem Leben davongekommen.

Die Aussicht von dort oben saß ihm noch in den Knochen: landeinwärts die grünen Hügel, im Nordwesten die Einkaufsstadt Aabenraa, nordöstlich die Bucht, eingerahmt von bewaldeten Hügeln. So milde, verglichen mit der gnadenlosen Westküste.

In der Nähe des Rathauses, eines soliden Gebäudes aus dem neunzehnten Jahrhundert, fand er einen freien Parkplatz, von dem es zu Fuß nicht mehr weit war zum Briefmarkenhändler.

Er nahm Gregers' Briefmarkenalbum vom Beifahrersitz und schnupperte daran. Es roch trocken und staubig und erinnerte ihn an sein eigenes Album aus der Jugendzeit. So eines hatte er auch gehabt, mit versteiften Seiten und Trennblättern aus knisterndem Pergament.

Er blätterte es durch. Die Briefmarken waren alt, teils mit den Konterfeis wechselnder Monarchen versehen, teils einfach mit dem Porto bedruckt: Pfennigen auf den preußischen Marken, Kronen und Öre auf den dänischen

– beziehungsweise Schillingen auf den ganz alten Exemplaren.

Wer konnte, mied bei der sommerlichen Hitze die Innenstadt. Jensen traf kaum jemand an auf seinem Weg an den Altbauten entlang. Der Laden, den er suchte, lag in einem etwas heruntergekommen Stadtteil abseits der Gehstraße. Im Schaufenster lagen Briefmarken auf Samt aus. ›Wir kaufen, verkaufen und tauschen‹ stand auf einem verblichenen Schild.

Hokkerup wohnte über dem Geschäft und kam gleich die Treppe herunter, als Jensen unten klingelte. Vom Alter her hätte Hokkerup Rentner sein können. Er trug eine braune Flanellhose und eine Strickjacke über seinem karierten Hemd. Seinen Schlüssel hatte er schon in der Hand »Wir können gleich ins Geschäft gehen.«

Er schloss die Ladentür auf, schaltete das Licht ein und den Alarm aus. Der Geruch war noch mal einen Zahn staubiger als Gregers' Album.

»Nimm Platz!« Hokkerup bot Jensen den Gästestuhl an einem zerkratzten Holztisch an und setzte sich ihm gegenüber. »Dann lass mich mal sehen.«

Verschiedene Lupen lagen bereit, die er beim Anblick von Gregers' Album erst gar nicht bemühte. Er schlug es auf.

»Ich erinnere mich natürlich an die Sammlung. Eine Bitten hat sie mir gestern vorgestellt. Und worum geht es jetzt ganz genau?«

»Laut Bitten fehlt eine ganz bestimmte Marke, um eine der Serien zu vervollständigen?«

»Oh ja, der dänischen von 1871 fehlt nur die Zwei Schilling. Zweifarbig: blaugraues Oval auf Ultramarin.«

Hokkerup sah ihn über seine dicke Brille an.

»Über welches Preisniveau sprechen wir?«

»Das kommt natürlich auf den Zustand an.«

»Guter Zustand?«

»Tja ... Vieles geht ja heute übers Internet.«

»Ich ziehe den persönlichen Kontakt vor.«

Der Briefmarkenhändler putzte sich die Brille. »Fünf Ziffern müsstest du schon hinblättern.«

Jensen ging pfeifend zu seinem Auto zurück. Mehr hatte es gar nicht gebraucht, um ihm seine Tatkraft zurückzugeben.

Grete klang kurz angebunden, als er vom Parkplatz bei ihr anrief. »Ich dachte, wir hätten zwei Stunden Ruhe voreinander.«

Die Sonne stand hoch über dem Rathaus. Er sah auf seine Uhr. »Wie lange fehlt uns noch?«

»Was willst du eigentlich von mir?«

»Dich zum Lunch einladen?«

»Ganz urplötzlich?«

»Ich weiß jetzt, wie wir Otto überführen.«

Er wusste auch, wie er die Zeit bis dahin würde totschlagen können. Vorausgesetzt Gurli hielt Wort.

Irgendwo hatte er doch noch ihre Telefonnummer.

*

Grete machte aus ihrem Argwohn keinen Hehl, als er sie pünktlich vor ihrem Haus abholte. »Oh! Und eine neue Frisur hast du auch?«

Er fasste sich ans Stirnhaar, das ihm ungewohnt kräftig vorkam, nachdem Gurli es bis auf die letzten zwei Zentimeter zurechtgestutzt hatte.

Sie war zwar noch verschlafen gewesen, als er sie in ihrer nahe gelegenen Wohnung besuchte, hatte aber für seine Eile gleich Verständnis gehabt. »Liebeskummer? Da bist du bei der richtigen Adresse.«

»Gefällt dir die Frisur?« fragte Jensen.

So leicht war Grete noch nicht zu besänftigen. »Du weißt jetzt, wie wir Otto überführen?«

»Wart's ab.« Er konnte sich auch selbst wertschätzen. »Ich habe gerade noch einen Tisch bei Caféodora reservieren können.«

»Hm!«

Sie fuhren am Einkaufszentrum Ulsnæs vorbei nach Gråsten. Das übergroße Bild am Straßenrand verkündete stolz, dass sie den Herkunftsort der gleichnamigen Apfelsorte besuchten, die Wiege des Gravensteiner Apfels.

Jensen fuhr an die Sildekule hinunter, einen Arm der Flensburger Förde, wo Jachten den früheren Industriehafen eingenommen hatten. Der sonnige Tag lockte Touristen und Einheimische ins Freie, aber am Kai fanden sie noch einen leeren Parkplatz.

Das Caféodora war ein freundliches Restaurant an der Wasserkante. Der junge Ober hatte alle Hände voll zu tun, bediente sie aber nett und geduldig. Es gab *Stjerneskud*, panierte Scholle, für sie und ein Beefhack mit Zwiebeln für ihn.

Der salzige Meeresduft schärfte noch Jensens Appetit. Sonnenschirme waren zwischen den Tischen aufgestellt. Überall summten die Gespräche der anderen Gäste. Von der Terrasse hatten sie Aussicht über die blaue Bucht mit ihren Jachten und Schwänen.

Grete gab sich weiter einsilbig, was er ihr nach seinem spontanen Alleingang auch nicht verdenken konnte. Allem dummen Zank zum Trotz genoss er es trotzdem, wieder mit ihr zusammen zu sein.

»Nun mach's nicht so spannend.« Über dem abschließenden Cappuccino hielt es sie nicht länger. »Was hast du jetzt wieder ausgeheckt?«

Er hatte das Album aus dem Auto mitgenommen, aber es diskret auf einen freien Stuhl gelegt, während sie aßen. Jetzt hob er es hoch.

»Ich bin bei diesem Hokkerup gewesen. Wie Bitten schon angedeutet hat: Was der Sammlung fehlt, ist eine ganz bestimmt Briefmarke. Die Zwei Schilling aus dem Jahre 1871.«

»Wie immer die Briefmarke heißt, hat Bitten sie *nicht* für sich selbst abgezweigt.« Grete war schon wieder auf den Barrikaden.

»Schon gut, schon gut. Aber weiß Otto das?«

»Worauf willst du hinaus?«

»Du kennst doch den Spruch: *Was ich selber denk und tu, trau ich auch dem anderen zu.*«

Grete schüttelte nur den Kopf. »Das wird mir jetzt zu kompliziert.«

»Otto sicherte sich das Erbe, bevor Gregers es dir vermachen konnte. Er war misstrauisch, dass andere sich auch noch schnell bedient haben könnten.«

»Oder projizierst du einfach dein eigenes Misstrauen auf ihn?«

Jensen winkte ab. »Wenn wir ihn glauben machen, dass Bitten ihn bei ihrem Diebstahl dabei beobachtet hat, sein Feuer vorzubereiten, wird er nervös werden und einen Fehler begehen.« Er ballte die Faust. »Wir bluffen einfach!«

Grete gähnte. »Haben deine Bluffs jemals geklappt?«

*

Okay. Sein Bluff mit dem Handy war nach hinten losgegangen. Der mit den Brenngläsern auch. Aber keine Regel ohne Ausnahme.

»Aller guten Dinge sind drei. Glaub mir, Grete, diesmal habe ich ihn.«

»Tu, was du nicht lassen kannst.« Sie trank den letzten Schluck Cappuccino und stellte die Tasse ab. »Das machst du ja ohnehin schon.«

»Gut.« Sein Entschluss war gefasst. »Wenn ich dich gleich nach Hause gefahren habe, werde ich Otto zu einem vertraulichen Gespräch unter vier Augen besuchen.«

»Du alleine?«

Jensen räusperte sich. »An dich hätte ich aber noch einen Wunsch.«

»Noch einen?«

Sein Blick folgte einer Möwe, die in der Wasserkante etwas Essbares entdeckt hatte. Zweimal kreiste sie über ihrer Beute, dann setzte sie zum Sturzflug an.

»Um Otto hinterher in die Falle zu locken, bräuchte ich Bittens Haus.«

»Und sonst nichts?«

Grete konnte tatsächlich sehr sarkastisch sein.

»Nur für heute Nacht. Sie wollte doch ohnehin mit Karl-Kristian zur Operation nach Odense fahren. Könntest du ihr nicht von dem Feuer bei Inge erzählen, und dass ich deshalb keinen Platz mehr in ihrem Bed & Breakfast habe?«

Die Familie am Nachbartisch hatte gezahlt und schob jetzt die Stühle vom Tisch zurück. Grete lächelte dem jungen Ober zu.

Als Jensen ihr noch einen Cappuccino anbot, schüttelte sie dankend den Kopf.

Er ergriff die Gelegenheit, nach der Rechnung zu fragen.

»Und wie soll ich Bitten die Feuer erklären, die überall entstehen, wo du übernachtest?« fragte Grete auf dem Weg zum Auto zurück.

»Dir wird schon etwas einfallen.«

*

Auf seinem Weg nach Sønderborg versuchte er, sich eine plausible Einleitung zu seinem Gespräch mit Otto einfallen zu lassen.

Der BMW mit dem CK-Kennzeichen stand zwar vor der Tür. In Ottos Reihenhaus traf Jensen allerdings nur Laura an.

Zu seiner Erleichterung war sie nicht mehr im Bikini. Der Schnitt ihres Kleides machte ihm schon Schwierigkeiten genug. Es war superkurz und hatte einen tiefen Ausschnitt. Die Hacken der Sandalen hoben sie merklich an.

»Otto ist nicht da.« Sie verbaute ihm die Tür. »Davon abgesehen bist du sowieso nicht willkommen.«

»Ich wollte ihn nicht weiter belästigen.«

»Das tust du doch schon längst.« Ihre Augen hatten die gleiche grüne Farbe wie ihre Augenlider. Als sie alle vier zusammen gewesen waren, hatte sie sich bedeckt gehalten. Jetzt zeigte sie die Krallen. »Wie würdest du selbst reagieren, wenn irgendein übereifriger Polizist dich des Mordes an deinem Onkel beschuldigte?«

»Aufgebracht«, gab Jensen zu. »*Oder* ich würde mich freuen, dass jemand sich den Brand genauer ansieht.«

»*Oder* wenn die Leute so schlecht über Grete redeten, wie sie es über mich tun?«

»Grete?« Der Vergleich wäre ihm nie gekommen.

»Deine Liebste, ja. Wenn man sie plötzlich als *Golddigger* brandmarkte, weil du zu Geld kämst?«

Seine Liebste. Ihm wurde warm ums Herz. Und gleichzeitig kalt um die Füße, auch wenn die Aussicht auf ein Vermögen ihm unwahrscheinlich vorkam.

»Wer sollte ihr schaden wollen?«

Lauras Augen blitzten mit dem kupferfarbenen Haar um die Wette. Sie war nicht nur verwöhnt, ging es ihm auf, sie schreckte auch vor Drohungen nicht zurück. Er kannte den Typ von seiner Arbeit. Kühl, wenn es galt – und gleichzeitig so feurig, dass gewisse Männer Dummheiten für sie begingen. Einiges deutete darauf hin, dass Otto einer dieser Männer war.

Cherchez la femme, wie es hieß.

Er stählte sich gegen sie. »Wenn Otto unschuldig ist, werde ich der Erste sein, der ihn von jedem Verdacht reinwäscht. Wenn der Brand nur ein Brand war, gut! Nur sieht es vorläufig nicht so aus.«

»Papperlapapp.« Sie wollte die Tür schließen, aber er klemmte einen Fuß dazwischen.

»Ich muss dir noch etwas erzählen.« Jensen nahm Gregers' Briefmarkensammlung aus der mitgebrachten Einkaufstasche. »Vielleicht liegt die Lösung des Mordes in diesem Album begraben. Wollen wir das hier an der Haustür diskutieren, wo alle Nachbarn mithören?«

*

Die Straße lag im sonntäglichen Dämmerschlaf. In Aarhus wären die gelben Grasflächen entlang der Randstreifen eine Beute für Nachbar Løndal, seine Berieselungsanlage und mit etwas Manövrierintelligenz auch für seinen

Mähroboter gewesen. Hier sah Jensen keine Menschenseele in der Nähe.

Laura knurrte. »Na, dann komm rein.«

Er folgte ihr in den Garten. Die Spuren ihres Sonnenbads lagen noch herum: ein Modemagazin, ein Aschenbecher, ein Glas mit geschmolzenem Eis von einem Drink.

Sie setzte die Sonnenbrille auf, begab sich in den Liegestuhl und fischte eine Zigarette aus dem Päckchen. Die Zigarette zündete sie mit einem goldenen Feuerzeug an.

Jensen nahm sich einen Gartenstuhl.

»Was ist nun damit?«

Sie machte eine Bewegung hin zum Briefmarkenalbum.

»Wir haben es bei der Krankenschwester gefunden. Auf den ersten Blick scheint sie die Briefmarken mit Gregers' Genehmigung mitgenommen zu haben, aber schau mal her.« Er schlug das Album in der Mitte auf. »Man muss schon sehr genau hinsehen, aber hier fehlt das kostbarste Exemplar.«

Laura blies eine lange Rauchfahne in den Sonnenschein.

Während sie zu blättern begann, stopfte er sich die Pfeife. Wenn die Gastgeberin rauchte, durfte er wohl auch.

Schließlich legte sie das Album mit allen Zeichen der Verachtung weg.

»Und?«

Er sog an der Pfeife. »Du erinnerst dich vielleicht daran, dass ihr Bitten am letzten Abend bei Gregers getroffen habt. Ihr dachtet, dass sie gerade erst angekommen wäre. In Wirklichkeit hatte sie euch schon lange durchs Fenster beobachtet. Was sie auf die Idee brachte.«

Laura gähnte demonstrativ, aber ihre Augen hingen an ihm wie die einer Wildkatze, bereit zum Sprung. »Was für eine Idee?«

»Als Bitten Otto am Rauchmelder werkeln sah, dachte sie zunächst, er wollte ihn kontrollieren, aber als er dann das Brennglas und Streichhölzer in der Fensterbank des Büros zurechtlegte, wurde sie neugierig. Bitten wusste, dass Otto ein gutes Motiv hatte, seinen Onkel zu töten. Als er nun so offensichtlich eine Brandstiftung vorbereitete, landete sie ihren eigenen Coup.«

Laura hielt sich die Hand vor den Mund. »Welch ein Drama!«

Jensen baute ungerührt an seiner erfundenen Geschichte weiter.

»Bitten hatte schon oft überlegt, wie sie die Briefmarken stehlen könnte, war im letzten Augenblick aber immer vor dem Risiko zurückgeschreckt, dabei erwischt zu werden. Sie hatte Angst, Spuren zu hinterlassen.«

»Sehr vernünftig von ihr.«

»Aber als Otto seine Vorbereitungen traf, war ihre eigene Stunde gekommen. Sie stahl die Briefmarken und verließ sich darauf, dass das Feuer alle Spuren vernichten würde.«

Laura reckte sich. »Und das alles hat sie dir erzählt?«

»Sie hat ausgepackt, als wir den Briefmarkenhändler aufspürten, der ihr die Briefmarke abgekauft hatte«, log Jensen. »Eine Zwei Schilling aus dem Jahr 1871.«

Laura blieb cool. »Dir ist nicht eingefallen, dass *sie* das Haus hätte anzünden können?«

»Sie hat Otto bei seinen Vorbereitungen fotografiert.«

»Und die Fotos hast du gesehen?«

Er senkte den Blick.

»Du bluffst«, sagte Laura.

Das Gespräch verlief ganz nach Plan. »Ich bin hier außer Dienst. Sie will die Bilder Madsen gleich morgen vorbeibringen.« Er zuckte mit den Schultern. »Sie stellt sich Strafermäßigung für Kooperation mit dem Staatsanwalt vor.«

»Warum erst morgen?«

»Sie begleitet gerade ihren Mann in die Klinik nach Odense und kommt erst spät nach Hause.« Um genau zu sein, hatte Bitten ein Zimmer im Patientenhotel in Odense gebucht, aber das brauchte Laura jetzt nicht zu wissen. Endlich spürte er auch die ersten Risse in Lauras selbstsicherer Fassade. Eine kleine Falte grub sich in ihre Stirn.

Jensen erlaubte sich einen stillen Triumph. »Es tut mir leid, aber das kommt dabei heraus, wenn man Grete des Diebstahls bezichtigt. Das kannst du Otto sagen.«

Laura öffnete den Mund zu einer Antwort, aber ihr Telefon klingelte. Sie nahm ihr iPhone, sah auf das Display und bemerkte seinen Blick.

»Du wolltest sowieso gerade gehen?«

Er überhörte die Aufforderung. »Ihr habt iPhones im Partnerlook?«

»Ich weiß nicht, was du meinst. Komm!« Sie zog ihn durch die Stube und aus dem Haus. Gleich darauf knallte sie die Haustür zu.

Sein eigenes Handy war weniger elegant als die des jungen Paares, aber es tat noch immer seine Pflicht.

Im Auto sah Jensen, dass Grete ihm gesimst hatte.

Hoffe, dein Bluff schlägt an, schrieb sie.

Den ausführlichen Bericht würde sie später bekommen. *Laura hat angebissen*, schrieb er nur in aller Eile zurück.

Gleich bei Ottos Heimkehr würde Laura ihm das Märchen von Bittens enthüllenden Fotos wiederholen, war sich Jensen sicher. Danach würde Otto nur den einen Ausweg sehen die Fotos noch heute Abend zu stehlen. Und dabei direkt in Jensens Falle tapsen – wenn alles gut ging.

Leiht uns Bitten ihr Haus?, schrieb er.

Sie antwortete mit einem erschöpften Smiley.*Ja, fügte sie hinzu. Aber komm erst nach Hause essen. Es gibt BRENNENDE LIEBE* 😉

Kapitel 9

Selbst Jensens Oma hätte keine köstlichere ›Brennende Liebe‹ zubereiten können als Grete, bestehend aus pürierten Kartoffeln und Möhren, mit großzügigen Mengen knusprig gebratener Speckwürfelchen garniert und mit frischer Petersilie dazu. Als Beilage gab es eingemachte Rote Bete, Spiegelei und einen Fuglsang-Pilsener aus der regionalen Brauerei.

Während der Mahlzeit konnte er sich auf gar nichts anderes konzentrieren – bis Grete dann das abendliche Projekt ansprach.

»War es vielleicht doch etwas unvorsichtig von dir, Laura zu provozieren?«

»Ich habe damit nur Otto verunsichern wollen«, beteuerte er zwischen zwei Happen. »Er wird glauben, dass er Bitten die Fotos noch abnehmen kann, bevor sie ihn als Brandstifter entlarvt.«

»Genau das macht mir Sorgen«, sagte Grete. »Wie wird er reagieren, wenn ihm aufgeht, dass du ihn in die Falle gelockt hast?«

Er mahlte sich grobes Salz und Pfefferkörner über seine zweite Portion. »Otto mag hinterhältig sein, aber für brutal halte ich ihn nicht.«

»Wenn er sich nur nichts antut.«

Jensen seufzte. Alle Indizien sprachen für Gregers' Neffen als den Mörder seines Onkels. Obendrein hatte er

Grete angegriffen, und doch bewahrte sie weiterhin ihre Fürsorge für den jungen Mann.

»Ich werde dich besser begleiten«, sagte sie.

In dieser Frage jedoch ließ er nicht mit sich reden. Ein kleines Restrisiko bestand immer, wenn man einen Täter festnahm, und dem Risiko wollte er sie nicht aussetzen.

Madsen hatten sie beide nicht einbeziehen wollen – Grete, weil sie immer noch hoffte, die Angelegenheit friedlich beizulegen; Jensen, weil er es dem Dorfpolizisten zutraute, am Ende noch seinen sorgfältig gelegten Plan zu sabotieren.

Zugegeben: Als Beamter ging er mit seiner Fallenstellung an die Grenze des Erlaubten, aber wollten sie Otto entlarven, hatten sie keine andere Wahl. Nichts konnte Gregers wieder zum Leben erwecken, aber sie schuldeten es ihm, zumindest seinen Mörder dingfest zu machen.

Bitten stellte ihr Haus über Nacht zur Verfügung, während sie ihren Mann zur Operation in Odense begleitete. Morgen früh würde sie dann schon wieder nach Rinkenæs heimkehren. Grete würde in ihrem Salon stehen, er wieder seinen Dienst in Aarhus antreten, wo seine Kinder und Enkel wohnten.

Der Jasmin duftete, Bienen summten. Dies waren ihre letzten gemeinsamen Stunden. Obwohl Jensen sich nichts anmerken ließ, schnürte ihm der bevorstehende Abschied den Hals zu.

Grete schwenkte den letzten Schluck Bier in ihrem Glas herum. In ihren Augen blitzte der Schalk auf.

»Ich warte.«

Was war ihm denn jetzt schon wieder entgangen? »Worauf?«

»Weißt du noch, was ich dir heute Vormittag erklärt habe? Dreimal habe ich die Initiative ergriffen. Jetzt bist du an der Reihe.«

Hinterher wusste er gar nicht, wie es ihm gelungen war, um den Tisch zu navigieren, ohne das Geschirr umzureißen. Sein erster Kuss verfehlte Gretes Lippen nur um Haaresbreite. Beim zweiten Anlauf traf er ins Schwarze.

Ihm wurde bewusst, was er bisher zu unterdrücken versucht hatte: wie stramm ihr Pulli saß – und wie weich er sich doch anfühlte. Sie kam aus dem Stuhl hoch und bog ihm ihren Körper entgegen.

Der Pulli entblößte einen Streifen ihrer Haut über der Lende. Ihr Atem glühte an seinem Mund. Sie zog ihn fest an sich und dann in die Stube.

Sein einziger Wunsch war, sie aufs Sofa zu lotsen und im Liegen weiterzumachen, aber zu seinem Schrecken vernahm er, dass Grete genau das von ihm erwartete, und, Hand aufs Herz, war sein Selbstbild nicht gerade das des routinierten Verführers.

»Ich mache mich jetzt besser auf den Weg.« Sein Atem ging noch schwer, als er sich von ihr löste. »Otto kann jederzeit auftauchen.«

*

Als er an Bitten und Karl-Kristians Villa entlang schlich, bereute er schon seinen vorschnellen Abschied. Grete hatte ihn gewollt und er sie auch. Gewisse Chancen spielte einem das Schicksal nur einmal im Leben zu. Wenn seine Aussichten jetzt für immer vertan wären, hätte er nur sich selbst zu danken.

Die Treue zu Lise hatte ihm geboten, seine Leidenschaft zu unterdrücken – hätte er sich gerne eingebildet. Im Stillen kannte er sich besser. Nach dem langen Alleinsein hatte er befürchtet, dass ihn sein Körper im Stich lassen könnte. Mit fast 62 fühlte er sich eher wie ein Auslaufmodell denn als stürmischer Liebhaber. Und auf jeden Fall zu alt für ein One-Night-Stand.

Aber die Sinne brodelten, und es fiel ihm schwer, sich auf die kommende Aufgabe zu konzentrieren. Wie vereinbart fand er trotzdem Bittens Schlüssel unter der losen Betonfliese vor der Waschküchentür.

Jetzt musste er sich nur drinnen auf die Lauer legen. Sobald Otto auftauchte, um den angeblichen Beweis zu stehlen, würde Jensen die Falle zuschnappen lassen.

Reichlich spät kam ihm wieder der Zweifel in den Sinn, der ihn schon nach dem Besuch bei Laura befallen hatte. Unterm Strich schien seine Rechnung aufzugehen: Otto hatte Gregers' Haus abgebrannt, um sich das Erbe zu sichern – aber irgendwo in der Indizienkette ahnte er einen Bruch. Nur welchen?

Er schob alle Bedenken von sich. So kurz vor dem endgültigen Showdown durfte er jetzt nicht wanken. Und als Polizist hatte er schon zugespitztere Situationen überstanden.

Andererseits war er da nicht so verliebt gewesen. Alte Liebe rostet nicht; das Lied kannten alle. Seine Liebe zu Grete glänzte so jung und magisch, dass er es ihr einfach noch mal klar machen musste. Wenn er sich gleich auf die Lauer legte, würde absolute Funkstelle herrschen.

Ein letztes Mal wollte er zuvor noch ihre Stimme hören. Er wählte ihre Nummer.

Draußen schien die Sonne. In Bitten und Karl-Kristians Haus blendeten schwere Gardinen sie aus. Im Licht seines Handys tastete er sich durch die Dämmerung. Dort war die Tür zum Schlafzimmer, in dem er sich zum Schein ins

Doppelbett legen wollte. Der Klingelton am anderen Ende drang aus dem Hörer, während er sich dem Bett näherte und ... die Hände sinken ließ.

Im Dunkeln beobachteten ihn zwei Augen.

*

Die Gestalt saß mit ausgestreckten Beinen im Bett, bequem ans Kopfgitter gelehnt. Sie ähnelte einem Mannequin oder einer Mumie in Regenkleidung. Die Kapuze über dem Kopf ging ihr bis über die Stirn, die Hände steckten in Plastikhandschuhen, die Füße in Gummistiefeln. Die Pistole in ihrer Hand zielte auf Jensens Brust.

»Otto?«

Schon wieder hatte er sich übertölpeln lassen.

Der Mund der Mumie zog eine Grimasse. Wie gut, dass Grete ihn nicht begleitet hatte, dachte Jensen, nur um gleich darauf in der Totenstille ihre Stimme zu hören.

»Hallo, hier ist Grete Møller. Ich bin momentan anderweitig ...«

Weiter kam der Anrufbeantworter nicht, bevor die Mumie sich im Bett vorlehnte, ihm das Handy abnahm und den Anruf unterbrach.

»Und jetzt hoch die Hände!«

Die Stimme ging ihm durch Mark und Bein. Otto klang wie eine ... Frau? Jensens Gedanken liefen rückwärts – dann setzten sie aus.

*

Die Sonne wollte an diesem Abend gar nicht untergehen. Der Himmel schien blau und unendlich. Ganz dunkel kam

Grete Bittens Haus vor, als sie sich der Waschküchentür näherte.

Trotz des ernsten Anlasses musste sie über die Standhaftigkeit lächeln, mit der Jens Peter darauf bestanden hatte, Otto alleine festzunehmen. Ihm gegenüber hatte sie beeindruckt gespielt, weil sie spürte, dass er ihre Bewunderung brauchte.

Hinterher hatte sie dann ihre eigene Entscheidung getroffen. Für sie war es nur natürlich, an seiner Seite stehen. Er würde das auch noch einsehen. Ab und zu musste man ihm nur ein wenig auf die Sprünge helfen.

Das Handy vibrierte in ihrer Tasche. *Jens Peter* verkündete der Schirm. Er konnte sie also nicht entbehren.

Als sie sich an die Mauer drückte, um den Anruf zu beantworten, spürte sie eine Hand am Hals. Gleich darauf legte sich die andere auf ihren Mund.

»Ganz still!«, flüsterte eine Stimme an ihrem Ohr.

*

»Laura!«

Die Lippen unter der Kapuze wurden zu einem höhnischen Lächeln. »Endlich ist der Groschen gefallen.«

Ganz gefallen war der Groschen allerdings noch nicht. Jensen starrte sie an, wie sie da im Bett saß. Erst langsam fand er die Sprache wieder. Natürlich erkannte er sie jetzt. »Du hattest das beste Motiv, Gregers zu ermorden. Wenn Otto Zederhagen die Grundstücke verkauft, wird er das Geld für dich ausgeben.«

»Otto ist dumm«, sagte Laura. »Genau wie du, falls du gedacht hast, ich fiele auf deine Märchen herein. Bitten hat Otto nie und nimmer bei der Brandstiftung fotografieren können.«

»Weil du sie begangen hast.«

Vor dem Haus begann es zu rumpeln. Ein Gewitter kam wohl auf. Dann donnerten die Metallräder eines DSB-Zuges über die Schienen hinter Bitten und Karl-Kristians Rasen.

In dem ausklingende Lärm fand Jensen endlich die Lücke in seiner Indizienkette, die ihm bisher entglitten war.

»Während Gregers seinen Onkel an seinem letzten Abend noch einmal vor die Tür half, warst du es, die Lupe und Streichhölzer in Gregers' Kontor bereitlegte.«

Laura zog eine Augenbraue hoch.

»Falls du auch den Rauchalarm ausgeschaltet hast, war das übrigens nicht nötig. Gregers hätte ihn ohnehin nicht gehört.«

Laura hob die Pistole.

Er musste Zeit gewinnen.

»Otto liebt dich. Dein grünes Handy war es, um das er sich gleich gesorgt hat, als ich die Protokolle der Telegesellschaften zur Sprache brachte.«

»Schade für ihn.«

»Dabei hattet ihr doch die Nacht zusammen verbracht?«

»Du quasselst zu viel«, sagte Laura.

Jensen hatte keine andere Wahl. »Die Idee mit der Lupe als Brennglas hattest du aus Gregers' altem Fotoalbum. Otto machte es nichts aus, uns das Album zu zeigen. Bei dir sah das anders aus. Du langweiltest dich nicht nur. Du bekamst Angst, wir würden dir auf die Schliche kommen.«

»Auf Umwegen.« Die Pistolenmündung kreiste sich zwischen seinen Augen ein. »Deshalb räume ich dich jetzt aus dem Weg.«

»Ach ja? Du willst in den Bau einfahren? Das ist die Sache nicht wert«, sagte Jensen ruhiger, als er sich fühlte. »Wenn man dich eines Tages entlässt, wirst du eine runzlige alte Frau ohne Zähne sein.«

»Da müsste man mich zunächst mal fassen.« Lauras Kunststoffanzug quietschte. »Ich werde hier keine Spuren hinterlassen. Weder Haare noch sonstiges DNA noch Fingerabdrücke. Meinst du, ich hätte mich so aus Spaß eingepackt mitten im Sommer?«

»Grete ist genauestens informiert. Sie wird zur Polizei gehen.«

So lebhaft war sein Bild von ihr, dass er einen kurzen Moment lang sogar meinte, sie vor der Tür flüstern zu hören, aber das konnte natürlich nicht sein.

»Zum guten Dorfpolizisten Madsen?« Laura lachte. »Der würde mich auf der Stelle heiraten. Außerdem wird Grete Otto verdächtigen, nicht mich.« Aus ihrer Jackentasche nahm sie einen Kugelschreiber. »Den hat er für seine Buchhaltung benutzt. Seine Fingerabdrücke werden nicht schwer zu finden sein.« Sie warf den Kugelschreiber auf die Bettdecke. »Wie unglücklich, dass er ihn ausgerechnet hier am Tatort verloren hat.«

Das Bild von Grete wirkte noch immer nach. Wenn er lebend davonkäme, würde er nie wieder verlegen sein, versprach er sich.

Dazu gehörte jetzt allerdings eine Portion Glück. Und Tatkraft. Während er Pläne machte, begann ein Klingelton zu spielen.

»Auch das noch.« Laura machte aus ihrem Ärger keinen Hehl.

Das Licht ihres grünen iPhones verzerrte ihr Gesucht, als sie ins Mikrofon knurrte. »Was denn, Otto?«

Den kurzen Augenblick, in dem sie die Pistole senkte, nutzte Jensen zu einem Angriff. Mit dem Mut der Verzweiflung stürzte er sich auf Laura.

Ein Schuss knallte.

*

Der Schmerz durchbohrte ihn wie ein glühender Speer. Mit letzter Kraft warf er Laura zur Seite und rückwärts aus dem Bett. Ihr Hinterkopf traf den Nachttisch.

Irgendetwas knackte. Die Pistole entglitt ihr. Bevor Jensen sie aufsammeln konnte, ging die Tür auf.

»Die nehme ich«, sagte Otto.

Hinter ihm kam Grete hereingestürzt. Sie kniete sich zu Jensen auf den Fußboden. »Du blutest!«

»Schnell! Einen Arzt und Krankenwagen«, rief sie Otto zu, dem die Pistole sichtlich ungewohnt war.

»Ich brauche nicht ins Krankenhaus«, sagte Jensen.

Die Wunde brannte zwar, die Kugel hatte jedoch nur seinen Unterarm gestreift.

»Laura schon«, sagte Otto.

Die Kapuze war von ihrem Gesicht geglitten. Bewusstlos lag sie neben dem Bett.

*

Die sonst so friedliche Straße vor Bittens gelbem Haus pulsierte im Blaulicht etlicher Streifenwagen. Beamte hielten schaulustige Nachbarn auf Abstand.

In der Einfahrt standen ein Krankenwagen und der Dienstwagen des Notarztes.

Auf der Bahre, die zwei Sanitäter heranrollten, lag Laura mit einem steifen Kragen um den Hals. Sie war wieder bei Bewusstsein, starrte aber nur in den Himmel, während Otto versuchte, mit ihr zu sprechen.

Jensen und Grete verfolgten die Szene von der Garagenpforte.

»Er tut mir so leid«, sagte Grete.

Als hätte er sie gehört, kam Otto zu ihnen herüber, und sie nahm ihn in ihren Arm.

»Warum?«, fragte Otto immer wieder. »Onkel Gregers war so gut zu Laura. Wie konnte sie das nur tun?«

»Ich muss mich bei dir entschuldigen«, sagte Jensen. »Ich habe wirklich geglaubt, du wärst das gewesen.«

Er biss sich auf die Unterlippe.

»Ich hatte schon so ein komisches Gefühl, als du mir von den Telesignalen erzählt hast.«

»Ich weiß.«

»Ich habe es nur nicht glauben können.« Otto sah dem Krankenwagen hinterher, der gestartet war und sich an den Polizeiwagen vorbeischlängelte. »Ich dachte, sie wollte mich. Dabei ging es ihr nur um das Geld.« Er lachte freudlos. »Da hätte ich sie sowieso enttäuscht.«

»Enttäuscht?«, wollte Grete wissen.

»Ich war drauf und dran, die Felder zu verkaufen, aber am Ende habe ich es nicht übers Herz gebracht. Wo sie Onkel Gregers doch so am Herz lagen. Das habe ich Zederhagen heute Nachmittag endgültig gesagt.«

Er nickte Jensen zu. »Als du bei Laura warst.«

»Da wird Zederhagen nicht sehr begeistert gewesen sein.«

»Oh, er ist ganz Geschäftsmann.«

Otto ging die SMS auf seinem Handy durch. Er zeigte ihnen Zederhagens Nachricht. *Falls du deine Meinung änderst, weiß du, wo du mich findest*, stand da.

»Seid ihr Laura Ingerslevs Verwandte?« Der Arzt gesellte sich zu ihnen.

»Angehörige«, antwortete Jensen etwas vage.

Der Arzt nickte. »Sie hat eine Gehirnerschütterung davongetragen. Ich lasse sie vorsichtshalber röntgen.«

Und dann ins Gefängniskrankenhaus überführen, dachte Jensen.

»Ich sehe mir besser auch deine Wunde an.«

Jensen winkte ab. »Ist nur ein Streifschuss.«

»Wie du willst.«

Der Arzt nickte ihnen zu. Dann ging er zu dem grünen SUV, wo sein Fahrer ihn erwartete.

Madsen ließ sich nicht ganz so schnell abweisen. Sein Kopf glühte vor Wut. »Was in aller Welt habt ihr da eigentlich angestellt?«

Jensen spielte naiv. »Angestellt? Ich wollte mich bei Bitten und Karl-Kristian für die Nacht einquartieren, als Laura plötzlich dasaß und mich bedrohte.«

Madsens Augen durchbohrten ihn. »Das wird noch ein Nachspiel haben.«

»Ich stehe jederzeit für eine Zeugenaufnahme bereit.«

Nur jetzt nicht. Jensen sah ihm erleichtert hinterher, als Madsen sich wieder seinen uniformierten Kollegen zuwandte, um den weiteren Verlauf der Untersuchungen zu besprechen.

*

»Diese Nacht werde ich so schnell nicht vergessen«, sagte Jensen, als sie endlich wieder vor Gretes Haustür standen.

Grete schauderte trotz des zweiten Pullis, den sie sich übergezogen hatte. Der Raureif fiel. Die kühlste Stunde war angebrochen, das merkte man sogar im Hochsommer.

»Was für eine Nacht, ja. So was kommt davon, wenn man den Helden spielen will.«

»Immerhin haben wir die Täterin entlarvt.«

»Nur nicht den Täter, den du dir eigentlich ausgerechnet hattest.«

Grete hob die Augenbrauen. Laura hätte das nicht ausdrucksvoller machen können.

»Gut. Ich hatte mich getäuscht«, gab er zu. »Es war mein Glück, dass Otto mir zur Hilfe kam. Und du natürlich auch.«

»Denk immer dran. Zu zweit sind wir stärker als jeder für sich.«

»Im Gegensatz zu Otto und Laura.«

»Ich hoffe, dass er jetzt schnell über die Sache wegkommt.«

»Er ist ein guter Junge«, stimmte Jensen ihr bei. »Du hast das schon immer gewusst.«

»Lass dir das eine Lehre sein.« Grete genoss ihren kleinen Triumph. »Dass der Naturschutz ihm am Ende vorging, hätte Gregers gefreut.«

»Keine Hotels auf Gregers' Feldern.«

»Ende gut, alles gut.«

»Ganz am Ende sind wir noch nicht.«

Eines hatte Jensen sich versprochen, wenn er Lauras Rache überlebte: Er nahm Grete in seine Arme und trug sie über die Türschwelle.

Viel später, als die Vögel schon sangen, und es vor dem Schlafzimmer längst wieder Tag wurde, und sie ihren Rücken gegen seinen Brust drückte, kamen die Gedanken darüber, was Inge wohl sagen würde, wenn er in Strümpfen ihre Treppe hinaufschlich, um vor seiner Abfahrt noch eine Stunde auszuruhen – nach Grete duftend, verschwitzt und erschöpft und glücklich.

Die Gedanken machten ihn froh.

Das Heftpflaster, mit dem Grete seine Schusswunde verarztet hatte, war nur der sichtbare Beweis ihres Beisammenseins.

Jensen hätte noch lange mit ihr zusammen liegenbleiben können, aber die Pflicht rief. Der neue Tag würde ein Wirrwarr an Aufgaben und Erwartungen bringen. Schon bald wartete die Autobahn, an deren Ende warteten die Kollegen am Polizeihof und vorher noch sein Gepäck und die Rechnung bei Inges Bed & Breakfast. Mitsamt ihrem Schadensersatzanspruch für den Feuerschaden in seinem Zimmer, der ihm keine Ruhe ließ, ob sie es wollte oder nicht.

Ganz vorsichtig versuchte er sich von Grete freizumachen. Aber nicht vorsichtig genug.

Sie hielt ihn fest. »Bleib doch noch eine Weile.«

»Ich muss schon ganz früh wieder auf.«

»Ich habe auch Kunden. Das wird schon gehen. Wenn du nur deine Brille nicht auf die Fensterbank legst.«

*

Die Sonne strahlte durchs Fenster. Einen Augenblick wusste Jensen nicht, wo er war.

Dann küsste Grete ihn. »Herzlichen Glückwunsch zum Geburtstag!«

»Mein Telefon.« Der Klingelton war es, der ihn geweckt hatte.

Noch ganz benommen streckte er seine Hand danach aus. Ein Blick auf den Schirm machte ihn hellwach.

»Es ist halb zwei!«

Er setzte sich im Bett auf. Er war noch nie in seinem Leben zu spät zur Arbeit erschienen.

»Du hast so fest geschlafen«, sagte Grete, »dass ich den Wecker ausgeschaltet habe. Und keine Sorge. Ich habe auch für dich in Aarhus angerufen und dich krankgemeldet.«

Sie strich ihren Finger über sein Pflaster. »In Aktion verletzt. Ich bekam einen Jesper an den Apparat, der meine Meldung freundlich und verständnisvoll entgegennahm.«

»Und dein Salon?«

»Gurli übernimmt heute noch mal.«

»Was du nicht alles organisiert hast.«

Er konnte gar nicht anders als lachen.

»Für ein Geschenk hatte ich allerdings noch keine Zeit.«

Dabei war sie doch schon sein bestes Geschenk.

Gleich darauf klingelte sein Telefon schon wieder, und diesmal schwante ihm Böses. *Christine*, warnte der Schirm. »Au weia. Meine Tochter.«

Er hätte ja auch nach Hause kommen wollen um sich von seinen Enkeln feiern zu lassen. »Was mache ich jetzt?«

Grete küsste ihm die Nase. »Erzähl ihr doch einfach, wie lieb ich dich habe.«

»Ja«, sagte Jensen. »Ja, schon ...«

Und ins Telefon: »Hallo, Christine?«

Grete stand auf ohne einen Faden am Körper, und verschwand in Richtung Badezimmer. »Liebe Grüße«, mimte sie mit einem Luftkuss.

»Wir hören, du bist krank«, sagte seine energische Tochter, etwas distanziert.

In der Beziehung täuschte sie sich. Sein Körper reagierte einwandfrei, wenn Grete ihre Hüften schwang. Aber das Gerücht hatte sich schon verbreitet – so schnell, dass es ihm die Sprache verschlug.

Zum Schaden fügte sich noch der Spott, als es an der Haustür klingelte. Im Badezimmer hatte Grete das Wasser angedreht.

»Augenblick mal, Christine.« Pflichtbewusst zog er sich schnell die Hose an, hatte sich aber nie verkehrter gefühlt als barfuß auf dem Weg zur Haustür. So würde er jetzt Gretes Freunden gegenüberstehen. Er öffnete die Tür.

»*Happy birthday to you, happy birthday to you!*«

Im knisternden Sonnenlicht johlte seine versammelte Familie ihm das Geburtstagsständchen. Er hörte sie doppelt singen – sowohl live als auch mit Verspätung durchs Telefon an seinem Ohr: Martin und seine Frau Cecilie mit ihrem Sohn Jonas; Christines Mann Michael mit einem Zwillingsmädchen an jeder Hand. Kir og Line wedelten mit ihren rot-weißen Danebrog-Fähnchen.

Christine senkte ihr Handy. Sie grinste von Ohr zu Ohr.

»Überraschung!«

Hinter seinem Rücken spürte er Grete. Sie war erstaunlich schnell wieder aus dem Badezimmer aufgetaucht. Der Pferdeschwanz hing über ihren Bademantel hinab. Die Frauen strahlten einander an.

»Schön, dich persönlich kennenzulernen«, sagte Grete.

»Herzlichen Dank für die Einladung.« Christine bot ihr die Hand.

Jensens Enkel starrten nur die hübsche Frau an seiner Seite an.